Deseo a Lograr Para Mi Patria

¿Una Utopía?

R.A. Ramz

authorHOUSE®

AuthorHouse™
1663 Liberty Drive
Bloomington, IN 47403
www.authorhouse.com
Phone: 1-800-839-8640

First published by AuthorHouse 4/15/2011

ISBN: 978-1-4567-2806-9 (dj)
ISBN: 978-1-4567-2804-5 (sc)
ISBN: 978-1-4567-2803-8 (e)

Library of Congress Control Number: 2011901401

Printed in the United States of America

*Any people depicted in stock imagery provided by Thinkstock are models,
and such images are being used for illustrative purposes only.
Certain stock imagery © Thinkstock.*

This book is printed on acid-free paper.

INDICE

CAPITULO UNO – *Cacería.*

El muchacho tomó su rifle 22 y salió de la casa. Su mente estaba fija en matar un conejo para que Nina, la cocinera, pudiera preparar un guisado de conejo con arroz y ricas tortillas grandes de harina.

El sol golpeteaba la espalda del muchacho con toda su fuerza y esplendor en las primeras horas de la tarde. El salió del predio por la puerta principal de entrada, que tiene una cerca de alambre de cinco hilos que circunda el casco del rancho.

Tan luego llegó a la esquina de la propiedad, corto diagonalmente hacia la parte arbolada con mezquite, arbustos, y nopaleras; que en esta temporada del año, estaban llenas de flores multicolores que se convertirían en deliciosas tunas, algunas rojas y otras verdes y amarillas.

Cuando el muchacho llegó a las "abras", llamadas así por los rancheros debido a la ausencia de vegetación en su superficie pelona y árida, vio algo moverse al final en el extremo opuesto. Bajó su ritmo de paso y muy despacito, casi de puntitas sigilosamente, con gran precaución prosiguió. Entonces, detrás de un arbusto espinoso salió una parvada de codornices que emprendieron su rápido vuelo de un ritmo acelerado y veloz, asustando al muchacho. La parvada de codornices aterrizó, en su corto vuelo, atrás de un área de arbustos, y detrás del espacio abierto, perdiéndose entre el alto zacate.

El muchacho solo traía dos cartuchos de balas para su rifle, pero como él sabía,

1

no necesitaba más. El era un muy buen tirador y no fallaría si un conejo cruzaba su camino.

El muchacho, "Teto bebe", como era llamado por los rancheros y por casi toda la gente que algo tenía que ver con el rancho, además, de todos aquellos que lo conocían desde su nacimiento. Era el hijo primogénito de la hija menor del dueño del rancho, y era la adoración de la abuela, y casi al igual de su abuelo. En esas fechas, solo tenía nueve años, pero era un ducho en el arte de la cacería.

A él le encantaba vivir en el rancho de sus abuelos. Se podía decir que él había sido criado en el rancho desde casi cuando era un bebé. No pasaba un día cuando se terminaban las clases de la escuela, que inmediatamente buscaba la manera de irse al rancho. Su abuela y abuelo vivían en el rancho desde que su abuelo se había retirado de la vida pública. Ellos solo venían de vez en cuando, una o dos veces cada tres o cuatro meses, a *Pueblo Nuevo*.

Su abuelo era abogado, y en tiempos pasados, había entrado en la política, logrando algo de notoriedad como presidente municipal en la ciudad en que vivía y también se había desempeñado como diputado del partido mayoritario que había gobernado y manejado a su antojo el país por más de setenta años. Era una persona muy activa y a sus más de setenta años montaba a caballo, cortaba leña, y hacía toda clase de trabajos en el rancho. Como muestra, fue seleccionado como abanderado de la Asociación de Charros de la Ciudad de *Pueblo Nuevo*. Siempre se le veía con mucha prestancia y magnificencia en su traje de Charro, todo bordado de plata, cabalgando su caballo "Tordillo", los 16 de Septiembre en los que se celebraban las Fiestas Patrias todos los años y se llevaba a cabo el desfile de la Independencia del país.

Su abuela, maestra certificada, que se graduó de la Escuela Normal de Maestros en Saltillo, Coahuila, era una gran señora, amada y estimada por todos. Manejaba y administraba el rancho muy eficientemente. Era muy buena con todos los y las trabajadoras de la casa y con los trabajadores que laboraban en el rancho; siempre tenía una palabra de aliento y ánimo para todos y cada uno de ellos. Ella y Nina, la sirvienta, eran las que armaban y tenían la última decisión de todas las comidas, no solo para la gente de la casa, *sino también para Venustiano, que era el ranchero que vivía solo, y para las otras dos mucamas de la casa.*

"Teto bebe", vio la cabeza de un conejito que sobresalía un poco, detrás de un pequeño arbusto. Caminando despacio y con cuidado, escogiendo los lugares donde ponía sus pies para no hacer ruido y quebrar una rama que asustara al conejito, haciendo que éste huyera. Poco a poco, como en cámara lenta, tomó su rifle 22 llevándolo a su hombro para estar listo tan luego se presentara un tiro libre. El sabía que con este rifle 22 en particular, tenía que apuntar a la izquierda y seis pulgadas debajo de la pieza, porque ya sabía que así debería de ser. El había disparado y apuntado con mucho cuidado el rifle en ocasiones anteriores en el campo de tiro, para no fallar. Era el único que tiraba con ese rifle, ya que nadie podía hacer blanco o pegarle a algo con él. Solamente "Teto bebe" era el que podía hacer blanco y pegarle a cualquier cosa que le apuntara. Algunos amigos y personas mayores le habían puesto el apodo de "Bandido", ya que le acertaba a todo lo que le tiraba, no solo con el rifle 22, sino con cualquier otro rifle, revolver, o escopeta que utilizara para tirar.

Tan luego tuvo un tiro libre, apuntó cuidadosamente a la cabeza del conejo, ya que no quería estropear ninguna parte tierna de la carne del conejo, que sería para el rico guisado que Nina prepararía con él. De repente, se escucho el balazo y el conejo quedó en el suelo atravesado por el centro de los ojos. "Teto bebe" no mataba animales solo por el hecho de matar. El siempre aprovechaba y se comía todo el animal o pieza que mataba, dando algunas a Pepa, la esposa de Margarito, para que ella las preparara de comida para sus dos hijitas que tenían tres y cinco años. Nada se desperdiciaba, todo era comido o utilizado.

"Teto bebe" siempre abría, descueraba, y limpiaba los animales que mataba, para que Nina no tuviera problemas para hacer la comida. Así es que lo abrió y le sacó todos los dentros, teniendo cuidado en apartar el hígado y el corazón, porque a él le gustaban mucho. Cuando llegó al tanquecito de agua, pequeña presita afuera del predio del rancho, lavó cuidadosamente muy bien el conejo y lo tomó por sus patas traseras con su mano izquierda, el rifle en la derecha, y emprendió su regreso a la casa del rancho.

CAPITULO DOS –
Nacimiento.

La mujer, empezó su labor de parto desde el día anterior, hoy era un día claro y apacible, pero la mujer todavía trabajaba laboriosamente en el parto de su primer hijo. El esposo, siendo doctor en medicina, tenía las manos llenas con los problemas que su esposa estaba teniendo para parir a su primogénito. El doctor ya totalmente cansado y fatigado y lleno de problemas con el alumbramiento, llamó a un compañero doctor amigo de él para que lo ayudara en el parto de su primer hijo.

Ambos doctores trabajaron y laboraron continuamente hasta el medio día. El pequeño producto dentro del vientre de su madre estaba causando muchos problemas. Primero, venía volteado con su traserito en la parte baja del útero, causando el problemático alumbramiento. El doctor acompañante tuvo que introducir su mano por el canal de alumbramiento para voltear el bebe con su cabecita hacia abajo, para tener la posición correcta para el nacimiento. El bebe ya había defecado y orinado dentro del vientre de su madre, causando muchos y más serios problemas, no solo para él, sino también para su madre.

Finalmente, como a las siete y media de la tarde de ese día, el bebe, un varoncito bastante llorón, nació. Definitivamente era varón, los doctores se aseguraron de eso viendo su pequeño escroto e insignificante pene. Lo limpiaron total y concienzudamente, también atendiendo muy cuidadosamente a la limpieza de las partes internas y externas de la madre para prevenir complicaciones posteriores a su salud que pudieran causarle su muerte.

Estos fueron los problemáticos acontecimientos del nacimiento de "Teto bebe", ese día de la primera semana de Agosto en algún año del Señor. El nacimiento ocurrió en la casa de la tía abuela Nene, hermana de la mamá de "Teto bebe" que vivía en la ciudad de Pueblo Viejo en Estados Unidos de Norte América, al otro lado, como se solía decir, del Rio Grande. ¿Por qué estaba ella ahí? La razón era simple: que debido a los problemas causados por la Gran Guerra Mundial que se llevaba a cabo en Europa contra los alemanes y Hitler, el Doctor trasladó a su esposa a esa ciudad para que tuviera una mejor oportunidad, mejores facilidades y mejores atenciones en el nacimiento de su hijo primogénito. El quería lo mejor para su esposa y el nacimiento de su hijo. Pero, los problemas llegaron de repente y para entonces ya no había tiempo para transferir a la madre a un hospital. El trabajo de parto llegó muy rápido, sin presentar acontecimientos que indicaran que el bebe ya venía en camino. El doctor, también andaba ocupado trabajando y haciendo una visita domiciliaria a un paciente: una pequeña niña de una prominente familia de la sociedad de Pueblo Nuevo. Por lo tanto, llegó tarde a la casa de la tía Nene para poder llevar a su esposa al hospital para el alumbramiento. Así es que, como mejor pudo, tenía que recibir a su hijo y llevar a cabo el nacimiento en la casa, sin tener idea de los problemas que venían en camino para su esposa y se presentarían en el nacimiento de su futuro hijo.

Tal y como se mencionó anteriormente, hubo problemas que complicaron el nacimiento; más sin embargo, "Teto bebe" nació con excelente salud y a su madre también fue bien librada de todas las complicaciones que se le presentaron. El bebé empezó a crecer rápidamente con el tierno cuidado que le proporcionó su abuela. Se mantenía sin preocupaciones de todo lo que pasaba a su al derredor, sin importarle lo que sucedía, mientras mamara su leche de los pechos de su madre cuatro o cinco veces al día. Ganó peso rápidamente y creció en tamaño adquiriendo el vigor y fuerza en sus pulmones que iban desarrollándose con los tremendos lloriqueos y berridos que retumbaban en toda la casa y le daban a entender a su madre que tenía hambre.

La mamá de "Teto bebe" tenía una muy buena amiga, con la que había crecido y jugado cuando niñas en la casa de la tía Nene. Ella vivía contra esquina de la casa de la tía y casi todos los días venía a visitar a "Teto bebe". Siempre lo tomaba en sus brazos y jugaba con él y le ayudaba a su mamá a cambiarle los pañales cuando se hacía "popó". A ella le encantaba hacer esto, porque a la fecha no había visto nunca un bebé tan lindo y bello como "Teto bebe". Amaba al bebé, y en esos años, ella todavía no tenía contemplado casarse y formar una familia. Por lo tanto, a ella le encantaba y disfrutaba todo el tiempo que podía pasar con el bebé.

Después del primer mes, la familia regresó a Pueblo Nuevo para vivir en una pequeña casa que el doctor rentaba, no muy lejos del centro de la ciudad. Solo había como diez cuadras a la Plaza Hidalgo y el Palacio Municipal, como se llamaba el edificio, el cual, albergaba al presidente municipal de Pueblo Nuevo. El cine Palacio quedaba solo a media cuadra de la casa, a dónde el doctor y su esposa asistían muy frecuentemente a ver las películas de la época que ahí se exhibían. Entonces no había muchos lugares de diversión para una familia que recién empezaba su vida matrimonial y que estaba en crecimiento por el nacimiento de su primer retoño.

CAPITULO TRES –
Vida social en Pueblo Nuevo.

El doctor había venido a establecer su práctica de la medicina en la ciudad de Pueblo Nuevo. El había hecho muy buena amistad, mientras cursaba sus estudios de medicina en la universidad, con otros cuatro estudiantes, ahora doctores. Dos de ellos hermanos de la ahora su esposa y los otros dos, que también habían decidido establecerse en la ciudad de Pueblo Nuevo, y practicar su medicina. Los hermanos de su esposa eran un médico y cirujano general y un cirujano dentista. Los otros dos amigos eran, un cirujano oculista y un cirujano pediatra como él. El doctor tenía otra especialidad, que era la especialidad en huesos u ortopedia. Todos tenían sus oficinas privadas donde atendían a sus pacientes y también trabajaban en el Hospital Civil, dónde atendían toda clase de casos de gente que no contaba con los recursos necesarios para proveerse del servicio de un médico particular. Después de su trabajo todos se reunían en el Bar "El Cristal" a jugar dominó, un juego que a los cinco les gustaba mucho.

El bar "El Cristal" era el lugar de reunión de la mayoría, si no es que de todos los habitantes que deseaban tomarse una cerveza bien fría en compañía de buenos amigos de la sociedad de Pueblo Nuevo. Venían de todas partes y de todas las clases: médicos, abogados, gente de negocios, etc. Llegaban solo para pasar un buen rato, refrescarse con las bebidas heladas y más que todo a descansar después de un largo día de arduo trabajo, aunque fuera solo por poco tiempo. Ahí se intercambiaban los comentarios del día, del mundo, chismes de la sociedad de Pueblo Nuevo, además, de las idas y venidas de los ahí reunidos. En esta época había muchas carencias y necesidades, debido a la guerra principalmente, pero todos trataban de irla pasando con lo que cada quien poseía, ya que a todos les gustaba la buena compañía y compartir la suya con todos los demás asistentes al lugar.

Había en el bar un cancionero, "Manuel Guitarras", que era como lo llamaban. Él era el que proveía la armonía y música tocando su guitarra en el bar, mientras los asistentes estaban teniendo un agradable rato de esparcimiento. Muchas personas requerían de los servicios de Manuel Guitarras para amenizar sus reuniones familiares o festividades personales en sus propias casas. Manuel, usualmente se acompañaba con otros dos músicos: uno tocaba el acordeón y el otro el bajo grande. El trío tocaba y cantaba corridos norteños, boleros, canciones vernáculas, y le ponían mucho entusiasmo y buen humor a todas sus interpretaciones, para deleite de los asistentes que frecuentaban el bar "El Cristal".

Uno de los asiduos clientes del Cristal era un hombre que le apodaban "El Loco Chapa". Nadie sabía por qué le habían puesto ese apodo; se cree que hacía muchas cosas locas. Era dueño de una carnicería en el Mercado Maclovio Herrera. El abuelo de "Teto bebe" siempre le compraba cabrito para traer a la casa para que lo preparara "Chita". Ella era la que manejaba la casa de la familia y era la cocinera, ama de llaves, y la que hacía todo lo que se necesitaba en la casa del doctor. Ella era casi de la misma edad que la mamá de "Teto bebe" y se mudó a trabajar con ellos después de que sus abuelos se fueron a vivir al rancho. Había crecido con la mamá de "Teto bebe" desde que eran pequeñas y fue la que crió a todos los hijos de la familia, empezando por el primogénito, que era muy independiente y no le hacía caso de lo que le ordenaba hacer, corrigiéndolo por las maldades que hacía.

CAPITULO CUATRO –
Celebraciones.

El abuelo Pietro, tenía cada año dos fiestas en su rancho para celebrar su cumpleaños: el 23 de Febrero y el día de su santo, el 29 de Junio. Nadie de Pueblo Nuevo era invitado, pero todos sabían que en esas dos fechas se llevaban a cabo las celebraciones de Don Pietro en el Rancho La Retama. Hubo una vez en que el gobernador del estado americano de Texas, el gobernador del estado de Tamaulipas, el alcalde de Pueblo Viejo y el presidente municipal de Pueblo Nuevo, estuvieron presentes en una de las celebraciones. No se recuerda el año, pero solo esto nos da el gran significado de la amistad, hacia su persona, que toda la gente de ambos Pueblos y de la gente que Don Pietro conocía en Estado Unidos al igual que en México, le tenían. En uno de esos años, todos los peloteros profesionales del equipo de "Los Búhos", estuvieron en una de las fiestas; así como, una orquesta de 29 músicos que también tocó para amenizar una de las celebraciones. Como se menciona, era dos celebraciones en el año, que si uno no asistía, se perdía de las dos fiestas y celebraciones más populares y festivas que no tenían comparación a ninguna otra por muchos kilómetros a la redonda.

Algunas de las familias, de los descendientes directos de Don Pietro, llevando a toda su familia se iban al rancho desde el día anterior a la fiesta, y ahí pernoctaban. Toda clase de "Tríos y Conjuntos Norteños" venían a darle "Las Mañanitas a Don Pietro. Todo éste jolgorio, que empezaba temprano del día anterior a la fiesta, y seguía hasta entrada la madrugada, hasta que

Don Pietro, no habiendo tenido mucho tiempo para dormir, les gritaba a los celebrantes "¡Ya váyanse cabrones, y dejen dormir¡".

A la seis de la mañana, un camión grande llegaba al rancho con suficiente hielo, cerveza en botellas y barriles y los contenedores para enfriarlas para que estuvieran listas y bien frías cuando empezara a llegar la gente. Las botellas de whiskey las guardaba el tío Hector y eran para invitados especiales. Como quiera, había más que suficiente cerveza para todos los asistentes que llegaban al rancho para la celebración.

El día antes de la celebración, un becerro gordo o una res se sacrificaba. Toda la carne preparada por "El Loco Chapa" y Don Arnulfo, el dueño del Bar El Cristal. Ellos eran los encargados de todos los procedimientos con respecto a la preparación de la comida. El Menudo rojo y el menudo blanco se preparaban en botes grandes especiales y la carne asada al día siguiente. De 12 a 14 cabezas de res se preparaban y colocaban en un pozo con brasas para ser sellado desde el día anterior hasta la tarde del día de la celebración para que todos los comensales y bebedores que venían a la fiesta disfrutaran de la rica barbacoa de pozo. Las "tías" preparaban grandes cazuelas de arroz, mole, guisado y frijoles; y las sirvientas que eran comandadas por Chita y Nina, ayudaban en todos los procedimientos que se hacían en la cocina.

"Teto bebe" quería mucho a su abuelo y le gustaban mucho las fiestas que hacía en el Rancho La Retama. Casi no dormía la noche anterior; no solamente por "Las Mañanitas" que la gente le cantaba a Don Pietro, pero también por el esperado jolgorio del día siguiente. Sabía qué vendrían primos y primas, parientes, y toda clase de familiares que también llegarían a la fiesta. Venían también hasta parientes desconocidos que jamás había visto en su vida y que llegaban desde muy lejos. Todos los años, "Teto bebe" venía con su familia a pasar la noche anterior a la celebración en la casa del rancho y se llenaba de emoción con la sola expectativa de lo que el día de mañana le traería.

Casi inmediatamente después de que arribara el camión del hielo y las cervezas, éstas eran colocadas en sus contenedores para ser enfriadas llenándolas de hielo, para la gente que empezaba a llegar. Don Arnulfo, que se había quedado despierto, cuidando los dos tipos de menudo y el pozo de barbacoa, se despabilaba y empezaba a cocinar un guisado de carne: uno con chile colorado, otro con calabacitas tiernas y todavía uno más con salsa Mexicana de cebolla picada, tomate, zanahorias, papas, chiles, etc. El café era servido en grandes cantidades y libremente, y se deleitaba sabrosamente a esas horas de la temprana mañana. La gente que se había quedado con Don Arnulfo, usualmente un par de cocineros, contaban una cantidad innumerable de historias; que muchas de ellas no eran creíbles, pero como quiera las platicaban, para pasar la fría noche de vigilia. A "Teto bebe" le encantaba quedarse con ellos a escuchar todas estas historias, hasta que el sueño lo vencía y tenía que irse a acostar a su cama en la casa del rancho.

La casa del rancho era grande y muy espaciosa, tipo California, que tenía cuatro galerías; una de ellas que era bastante grande y en ella era dónde la gente se reunía para bailar con la música tocada por los conjuntos que venían a la pachanga a armonizar y alegrar la fiesta de Don Pietro. El era un excelente bailador, y era el primero que ponía el ejemplo en empezar a bailar. No había dama que no se cansara y quedara exhausta con la bailada. Y él, fresco como una lechuga, pues nunca se cansaba de bailar continuando bailando con todas las muchachas y damas presentes. Le gustaban mucho las polkas y redovas, pero bailaba a cualquier estilo de música que le tocaran.

Toda la gente se divertía mucho en las celebraciones de Don Pietro en el Rancho La Retama. Si la fiesta se llevaba a cabo en Febrero, no podían esperar a que fuera finales de Junio por la siguiente; y si era la última, se lamentaban que Febrero del año siguiente se tardara tanto tiempo en llegar.

Cuando Don Pietro y Doña Betina, la abuela, iban al pueblo en sus esporádicas visitas, una de las sirvientas, la mayoría del tiempo era Chita, se llevaban a "Teto bebe" a la tiendita de la equina a comprar dulces o golosinas para que no se diera cuenta de que sus abuelos ya se iban de regreso al rancho. Si por alguna razón él se daba cuenta que los abuelos estaban preparándose para su regreso al rancho, se enejaba mucho y hacía un gran berrinche porque no podía irse con ellos, ya que en esos días, él tenía que ir a la escuela y no perder días de sus clases.

CAPITULO CINCO –
Estudios, escuelas, y diversiones.

El primer día que Chita llevó a "Teto bebe" a La Escuela Modelo para su primer año con la profesora Eugenia Aradas, no le gustó, lloró mucho, y no quería quedarse en la escuela. Este tipo de comportamiento se prolongo por unas cinco o seis veces posteriores, pero después, ya no le importaba que Chita lo dejara solo en la escuela todos los días. En la primera semana de clases, el se quedó siempre muy cerca de la profesora y no quería salir al patio a jugar con los otros niños. A él le daba miedo, ya que de por sí, era muy penoso con la gente desconocida. La primera vez que salió al patio de juego solo, salió corriendo al patio y rápidamente regresó cerca de la maestra. Después de esa primera vez, todo fue normalizándose y se comportó como un chico normal que salía a jugar en el recreo con todos sus compañeros del salón de clase.

"Teto bebe", solo recordaba a dos de sus maestros de la Escuela Modelo. Euge Aradas, porque era muy estricta con todos los niños y muy rigurosa en sus enseñanzas. La otra que recordaba era la profesora Pepita. Creo que a esa edad el estaba enamorado con su maestra Pepita. Ella, para sus tiernos estándares, era muy bonita y lo cuidaba muy de cerca, siempre teniendo una frase de cariño acariciándole la cara frecuentemente; él creía que a ella le gustaba el color de sus ojos. Los días de clase en la Escuela Modelo pasaron rápidamente y no recordaba mucho de ellos, con la excepción de que en los días de mucho frío, los muchachos se juntaban en el patio trasero de la escuela y prendían

una fogata para calentarse en un barril de doscientos litros con papel, pequeños pedazos de madera, y ramas.

Teto no recuerda la razón por la cuál de repente se fueron a vivir a la casa de sus abuelos, antes de que ellos se fueran a vivir al rancho. La casa estaba ubicada enfrente de la Escuela Carranza por la calle Abasolo, muy cerca, a solo cuatro cuadras, del Rio Grande que dividía Pueblo Nuevo de Pueblo Viejo. Por esas fechas fue cuando empezó a estudiar en la escuela Católica, Colegio América, en el cuarto año con el profesor Ochoa, maestro de ese año. Muchos años después, se sinceró con sus estudiantes de ese grado, diciéndoles que esa clase había sido su primera asignatura como maestro. También era muy estricto con los alumnos y castigaba a todos aquellos que se portaban mal con un pedazo de tronco como de un pié de largo por dos pulgadas de diámetro, pegándoles en las puntas juntas de los dedos de la mano. A Teto nunca lo castigó, pues se portaba bien; pero había varios muchachos a los que los castigaba muy seguido de esa forma, por haberse portado mal.

Los recuerdos más vivos que Teto tiene de esos años, cuarto, quinto y sexto, son sobre todos los juegos que se jugaban y principalmente de las innumerables veces que jugaba beisbol. Había jugadores muy buenos en su grado de estudios. Carín, Sinfuentes, Rodríguez, Rubio y unos dos que tres más, por nombrar algunos. Rodríguez era el más entusiasta de todo el grupo. Juntaba jugadores para ir a jugar en campos diferentes con varios equipos; y hasta organizaba viajes a algunas ciudades en el lado Americano cerca de Pueblo Viejo para ir a jugar contra equipos de esas partes. Ellos solían ir a esas ciudades bastante seguido; y casi siempre ganaban los juegos, ya que eran muy buenos jugadores y jugaban muy bien.

Enfrente de la casa de Teto había un campo como de un cuarto de manzana en donde todos los muchachos de la colonia se juntaban y formaban dos equipos para jugar beisbol. A todos les gustaba mucho jugar y formaban diferentes equipos mixtos que jugaban unos contra otros. A ellos no les importaba mucho quien ganaba, solo querían disfrutar de un buen juego. Los chicos de la colonia, también tenían un equipo registrado en la liga de la ciudad, que pudiéramos imaginar que, en esos tiempos era la Liga Pequeña de Beisbol. Ahí siempre se jugaba a ganar el partido y "La Loba", uno de los mejores jugadores de la colonia, siempre andaba peleando para que su nombre apareciera en la página deportiva como el mejor bateador del equipo en la reseña que se hacía del juego.

En la parte frontal de la Escuela Carranza había un poste asta bandera. Todos los de la colonia tenían interés en subirse en él y llegar hasta él tope. No todos llegaban, pero era un reto que querían conquistar todo el tiempo. Teto y todos sus compinches de la colonia se sentaban al frente de la escuela todos los días para platicar sus hazañas; algunas muy increíbles y también para remembrar los acontecimientos especiales de ese día, semana o del mes. ¿Qué harían el siguiente día?, nadie lo sabía, ni les importaba, solo disfrutaban de la compañía mutua, sin preocuparse lo que el mañana o lo que el futuro les traería.

Del Colegio América, "Teto bebe" o solo Teto, como ahora le llamaban sus amigos y compañeros, pasó al Instituto América y De Estudios Superiores. La Secundaria era un mundo totalmente diferente a la forma de enseñanza de los grados anteriores de primaria. En Secundaria tenía un profesor diferente para cada asignatura, aunque se conservaba un maestro encargado del salón, como maestro base del año en curso. Teto continuó su educación sin poner mucha atención ni cuidado en ella, pero jugando beisbol cada vez que podía hacerlo.

En estas fechas, vino la época en que Teto empezó a poner mucho más atención a las muchachas, especialmente a las de uno o dos años mayores que él. Fue cuando empezó a asistir a los bailes de quince años. Como era bien apreciado por amigos y amigas, y muy conocido por todo mundo, siempre lo requerían para que fuera chambelán de la quinceañera o de alguna sus damas. "Manito, manito, ven para que seas mi chambelán, quiero bailar contigo toda la noche", eran algunas de las invitaciones que le hacían a Teto. Era muy buen bailador, creo que lo sacó a su abuelo y le encantaba hacerlo toda la noche sin cansarse. Por lo general invitaba a bailar a una chica y lego invitaba a otra y así, hasta que encontraba una que le satisficiera y se quedaba bailando con ella el resto de la noche.

Tenía un grupo de amigos que siempre estaban e iban juntos a los bailes o a todas las fiestas, incluyendo las de quince años. A todos les gustaba la pachanga, bailar, divertirse, y porque no, echarse unas cervecitas bien frías. Tenían un dicho "hay que estar siempre cerca del baño, pero del baño de las cervezas". El principal logro del grupo era tratar de divertirse, divertirse y seguir divirtiéndose siempre. No había fiesta o baile que se les pasara de noche, siempre estaba presente el grupo de estos muchachos en todas las fiestas y bailes. Todos los integrantes del grupo se comunicaban constantemente para ver a que fiesta o baile iban a asistir ese fin de semana y ver dónde se iba a llevar a cabo para no faltar. Esto mismo sucedía en la colonia; usualmente se oía a la lejanía las ondas sonoras de las bocinas del toca discos y los chavos de la colonia se juntaban para ir a checar el ambiente y ver si les convenía quedarse. Algunas de las veces se oía decir "ya llegó Teto y sus amigos, ya llegó Teto y sus amigos.........". Esto le gustaba a él, porque a estas chicas también les gustaba mucho bailar y consideraban bailar con Teto un privilegio. Esos eran los bailes de la colonia a los que Teto y sus amigos también iban y se divertían bastantes en ellos. Diversión, diversión, y más diversión, era el slogan del grupo de chicos de la colonia: disfrutar la vida tanto como se pudiera, sin preocuparse nunca de lo que seguiría después.

El papá de Teto le preguntó un día, "Quieres ir a estudiar high school en St. Joseph's Academy al otro lado en Pueblo Viejo?". Teto se quedo pensativo y no se atrevía a decidir, pero finalmente decidió tomarle la palabra a su papá y hacer la prueba. El primer día de clases llegó muy rápido después de las vacaciones de verano. Se despertó muy temprano y después de un buen desayuno que Chita le preparó: huevos rancheros, y deliciosas tortillas de harina, tomó su bicicleta y comenzó a pedalear desde su casa al puente de pontones para cruzar al otro lado y de esa forma continuar su viaje a la escuela, esa mañanita a principios de Septiembre. Le debe de haber tomado más de una hora para llegar a la escuela, pero llegó bien y contento para empezar.

Siendo que no sabía casi nada del idioma Inglés, lo pusieron en la clase de Inglés Especial con unos 29 estudiantes más, que estaban en las mismas circunstancias que él. No hay mucho que decir de esa clase de inglés especial, en San José. Su maestro de cuarto era el hermano Marista, Brother William, que le habían puesto el mote de "la Changa" porque tenía una cara que se parecía a un simio.

Teto se afligió y confundió mucho, sin saber qué hacer, ese primer día. Regresó a casa después del día de clases llorando. Se quejó con su mamá de que no quería ir de regreso a clases en esa escuela porque no entendía ni una palabra de lo que el maestro decía en clase a los estudiantes. Batalló consigo mismo para decidir continuar o no continuar en la escuela en la que no comprendía nada de lo que se hablaba en el salón de clase, y mucho menos, lo que se le estaba tratando de enseñar a los alumnos. Teto nunca se había "rajado" en algo que había empezado; fuera en un juego, trabajo, o cualquier otra cosa. Por lo tanto, decidió no ponerle mucha atención a su desconocimiento del idioma Inglés y tratar de aprender lo más que pudiera en las clases.

Todos los días eran una tortura para Teto, pero ya se había comprometido y iba a dar lo mejor de sí, "toparan chivas y cabras". Así que continuó a paso de tortuga, el aprendizaje del idioma Inglés. Poco a poco estaba adquiriendo mas lenguaje y conocimiento de palabras y oraciones en Inglés; cuando menos con respecto a lo que él conocía y lo que a él le hablaban. Esos días fueron bastante difíciles para Teto. Como quiera, el siguió progresando, ya que era un muchacho bastante inteligente y para la mitad del año escolar, podía entender casi todo lo que le hablaban y todo lo que le enseñaban en clase. El idioma Inglés solo se hablaba en clase, porque hasta los "gringos" aprendían y hablaban español en todas partes y a todas horas; ese era el idioma que se hablaba en toda la escuela.

Teto terminó su año escolar de Inglés especial con calificaciones más o menos buenas, y fue pasado al noveno grado de high school. En todas las demás asignaturas, Teto estaba mucho mejor preparado y tenía muchos más conocimientos que los otros muchachos del mismo grado, ya que la enseñanza de las materias como matemáticas, química, geografía, etc., eran enseñadas con mucho más profundidad y mejor en las escuelas mexicanas en el mismo nivel de grados que las escuelas gringas al otro lado del rio. Con el pasar del tiempo, Teto se volvió muy hábil en las asignaturas que eran enseñadas y siempre sacaba buenas calificaciones que lo ponían en los lugares más altos de toda la clase. El Brother Joe, al que llamaban "el conejito", era bajo de estatura y algo gordo, era su maestro de cuarto para ese primer año de high school. Era un maestro blando y muchos de los estudiantes le hacían burla a sus espaldas, pero era un buen maestro y les enseñó a Teto y a los demás estudiantes muy bien en ese noveno año.

Teto terminó en los cinco primeros lugares del noveno año y pasó con buenas calificaciones. Su conocimiento del idioma Inglés era ahora bastante bueno y no tuvo ningún problema en entender las clases que le enseñaban. Décimo y onceavo fueron bastante inconsecuentes en la carrera de estudiante de Teto en San José. No fue sino hasta el doceavo año que las cosas empezaron a cambiar en la vida estudiantil de Teto. El año anterior había solicitado y le concedieron el trabajo de fotógrafo oficial de la escuela. Así es que, ya como "Senior" en su último año, fue oficial su nombramiento y él debería tomar todas las fotos que serían puestas en el anuario de la escuela. Iba a todos los juegos, ya fueran de futbol o baloncesto, así como fue también a todas las festividades y eventos deportivos o sociales que pasaron durante todo ese año para que quedaran grabados y perpetuados en el anuario de la escuela.

Dado que Teto no podía jugar futbol, se propuso competir en atletismo. El competía en los ochocientos metros planos y también en garrocha. El coach para todos los deportes era Mr. Hunt. Reed era su nombre de pila. El era muy estricto con la práctica y en el desempeño de los estudiantes en todos los deportes que él manejaba. Cada tarde, cinco días a la semana, tenía práctica para los participantes de atletismo que competían para obtener un lugar en el equipo representativo. Les ponía ejercicios bastante rudos y cuando menos dos carreras con tiempo marcado para todas las categorías.

Ese mismo año, Teto se registró en los conscriptos para cumplir con su adiestramiento militar. Obtuvo "Bola Negra" en la rifa y no fue puesto en el entrenamiento más riguroso; pero era requerido que fuera cada fin de semana a marchar, como era costumbre y su cartilla fuera liberada. Lo cual era un requerimiento para poder obtener y sacar muchos de los documentos y papeles oficiales necesarios para la vida futura. Uno de ellos era la obtención del pasaporte. También era requerida para poder salir del país si ya tenías diez y ocho años cumplidos. Si no tenías la cartilla liberada, tendrías muchos problemas y/o tener que dar mordida a los oficiales aduanales para que ellos autorizaran o cerraran los ojos y pudieras abordar tu avión para salir del país.

Una forma para salir de ese requisito de ir a marchar los fines de semana era el de inscribirte en el equipo de atletismo de los conscriptos que competía con otros equipos de otras ciudades. La práctica del equipo de atletismo de los conscriptos se llevaba a cabo todos los días como a las cinco de la tarde; así es que, Teto practicaba en la escuela y también en los conscriptos.

En San José había un muchacho que se llamaba Luís Mencha que era un buen corredor de distancia y siempre ganaba las dos carreras cronometradas que el Sr. Hunt les ponía todos los días de práctica. El único deporte que Teto había jugado era el beisbol, y por lo tanto, no tenía la condición o la estámina para competir en carrera con otros atletas que habían jugado futbol y/o basquetbol. Un dichoso día que el entrenador Reed llamó a los corredores para los ochocientos metros planos y tomarles el tiempo, Teto, como siempre, iba enfrente de todos los corredores y cuando el entrenador comenzó a gritar "ábranle, ábranle, ábranle", unas doscientas yardas antes de la línea de meta. Entonces todos empezaron a abrir el tranco y acelerar más rápido, más rápido y Mencha empezó a pasar a todos; pero cuando iba a pasar a Teto, el aceleró y terminó como diez yardas delante de todos los corredores. Lo mismo sucedió en la segunda carrera cronometrada. Esa fue la última vez que Mencha corrió los ochocientos metros planos, se pasó a correr la milla.

Este es solo un ejemplo de las cosas que Teto hacía o la forma en que que ponía todo su empeño en hacer las cosas bien para salir avante. Se aplicaba y esforzaba total y completamente; era muy enfocado en hacer las cosas que tenía que hacer para llevar a un feliz término lo que se había fijado como meta a realizar. Siempre había sido muy estricto consigo mismo para llegar al éxito lo que se había propuesto llevar a cabo. Esta forma de empujarse a sí mismo todo el tiempo, lo había llevado a tener y obtener lo que quería en su vida y en todo lo que se proponía. No había cosa que se propusiera hacer, que la lograra definitivamente, tarde que temprano. Siempre obtuvo de esa forma, todo el tiempo, lo que quiso.

CAPITULO SEIS –
Operación de pie.

Una vez que Teto estaba manejando su bicicleta cuando tenía siete años, más o menos, se cayó. Mientras revisaba sus piernas para ver que nada se hubiera quebrado o lastimado, se percató de un abultamiento en la parte de arriba de la mitad de su pie izquierdo. Cuando su padre, doctor él, vio la imagen en la placa de rayos x, se preocupó bastante e inmediatamente le llamó a su amigo y compañero de carrera a Ciudad de Mexico, el Dr. Mirana Orta, para consultarle sus hallazgos. Como lo había pensado, los comentarios del Dr. Mirana no fueron muy buenos, y decidió llevar a su hijo a la Ciudad de México para que fuera examinado por su amigo y compañero.

A Teto le tomaron radiografías de todo el cuerpo y un par de protuberancias o tumores, que todavía no eran notorios a simple vista, aparecieron: uno abajo de la rodilla en la tibia y otro arriba en el fémur. El Dr. Mirana le dijo al papá de Teto, que tenía que operar lo más rápidamente posible. La intervención fue programada para la siguiente semana y el papá de Teto, sin participar en la operación, estaba presente en todo el procedimiento. Después que habían operado el metatarso medio y ponerle algunos injertos de hueso en ese pie izquierdo, procedieron a raspar el tumor de la tibia; ya estaban raspando el del fémur, cuando a Teto se le paró el corazón. Las rodillas del padre de Teto se le doblaron y el Dr. Mirana, viendo la angustia y miedo en la cara de su amigo y después de echar a andar nuevamente el corazón de Teto, le dijo a su amigo que saliera y se fuera a descansar, que ya habían casi terminado y que ya estaban casi listos para cerrar y coser las puntadas finales.

Teto convaleció por cerca de dos semanas en el Hospital Español, donde la operación había tenido lugar. Arreglos fueron hechos para que él y su mamá se quedaran con la abuelita Cosef, y permanecieran en la ciudad de México para que el Dr. Mirana pudiera ir revisando el progreso y resultados de la operación. Abuelita Cosef le había solicitado a la administradora de los apartamientos donde ella vivía, el arreglo de una cama para su nietecito Teto; cuando lo vio por primera vez exclamó: "Así es que este es "baby Teto". Ella había estado haciendo arreglos para meter una cuna o "porta bebé" para el niño. Abuelita Cosef quería mucho a Teto; porque era su nieto hombre y el mayor de todos los nietos varones. Tenía dos nietas mucho más grandes que él, pero ningún nieto varón mayor. También era muy buena con la mamá de Teto; se creía que era su favorita de todas las nueras de la familia y esposas de los otros tres hijos que tenía.

Todo esto sucedió en el verano y Teto no tenía problema o preocupación por las clases de la escuela. Permanecía en cama la mayor parte del día en las tres primeras semanas de su convalecencia. Veía programas en la TV de Chabelo, el indio Chichimeca Régulo y el tío Gamboín, que pasaban todos los días a la hora de la comida. Después que pasó algún tiempo, empezó a tratar de caminar con muletas, dando brinquitos de un lado para oro en el apartamiento. La abuelita se preocupaba mucho que se pudiera caer y lastimar al hacer esas cosas, sabiendo lo testarudo que era, pero lo que él deseaba era estar bien y componerse. No tuvo ninguna preocupación mayor que retrasara su recuperación total.

Finalmente, después de varias semanas, lo llevaron de regreso a Pueblo Nuevo para que terminara su convalecencia en casa de sus padres. Nada especial sucedió desde su llegada a Pueblo Nuevo. Continuó mejorando día con día de su pasada operación. Teto era bastante pequeño con solo siete años y no recuerda mucho de lo que pasó después de que fue intervenido quirúrgicamente de su pie y pierna izquierda. Todo esto debe haber pasado entre su segundo y tercer año de primaria en la Escuela Modelo.

La escuela de su cuarto año de primaria, empezó en el Colegio América con el profesor "charamusca", Sr. Ochoa como su maestro de cuarto. El era considerado uno de los más pequeños en estatura en su salón de clase y por lo tanto, había compañeros estudiantes más grandes y altos que él. Como quiera, en aprovechamiento estaba dentro de los diez primeros de la clase, pero no era un gusano de biblioteca. Beisbol era el juego preferido en los recreos y recesos de clases, la mayor parte de las veces; Teto jugaba, casi siempre la segunda base, pero no era de los bateadores largos o mejores. El era solamente un jugador promedio que le gustaba mucho jugar y jugaba con mucho entusiasmo, jugando con el equipo que ganaba casi siempre. Oscar García, Sifuentes, Pit Rodriguez y Carlos Rubio eran unos de los mejores jugadores de los equipos y eran la base casi siempre de los equipos que se formaban para jugar. Escogían a jugador por jugador del grupo de todos los alumnos, haciendo de esa forma los dos equipos que jugaban entre sí.

El otro juego que les encantaba jugar a la hora de recreo era "la coneja". Se jugaba con una pelota de hule suave que se aventaba al aire y al que tocara al bajar, se consideraba el cazador. Rápidamente cogía la pelota y les tiraba a los otros estudiantes, que se denominaban conejos, para ver si le pegaba a uno, y de esa forma cazarlo para que entre él y los nuevos que hubiere cazado de igual forma, fueran cazando a todos los demás. No podía correr con la bola en la mano, tenía que tirarla al aire, correr, cogerla y tirarla a cualquier otro cazador, si es que ya tenía uno de compañero y que estuviera más cerca de un conejo. Si alguno de los conejos corredores atrapaban la bola cuando les tiraban para cazarlos, tenían el privilegio de tratar de darle un pelotazo a los cazadores tomándose cinco pasos grandes para acercarse al cazador y no fallarle el tiro. El objetivo del juego era que el cazador fuera cazando a todos y cada uno de los conejos hasta terminar cazando a todos y terminar el juego.

El quinto año de primaria en el Colegio América no fue considerado con tantos eventos como lo fueron el cuarto y sexto. El maestro, Sr. Carril, era el maestro de quinto año y todos pensaban que era maricón. Era bajito medio gordo con una personalidad apagada que no llamaba la atención de nadie y que no se distinguía en ningún evento. Pero, el era un buen maestro y les enseño bien a los alumnos de ese grado.

El Brother Monic era el profesor de cuarto del sexto año. Era bastante alto y muy fuerte. De vez en cuando, jugaba a la coneja ayudando a los cazadores a cazar a los conejos. Si el te pegaba, estabas seguro de que te iba a doler, ya que tenía una tirada muy fuerte y le encantaba dar pelotazos; así es que, todos corrían tan fuerte como podían cuando él tenía la pelota. Y si por alguna casualidad un conejo agarraba la pelota, era su deleite el tratar pegarle al Bro Monic con todas las fuerzas que podía.

A todos les gustaba comprar golosinas, pepinos con chile, mangos con chile, nieve, etc. de "El Viejo", como todos le decíamos. El tenía un carretón pequeño en donde tenía todas sus viandas y cosas que les vendía a los estudiantes en el recreo y antes o después de la entrada a clases. Hacía una nieve especial de agua de frutas. Tenía un barril de madera y un contenedor de lámina que ponía dentro del barril y llenaba los lados concéntricos con hielo y sal de roca para bajarle la temperatura al líquido de frutas naturales que ponía en el contenedor dándole vueltas y vueltas para que se volvieran cristales de hielo y nieve de agua. Esa nieve de agua les gustaba mucho a todos los estudiantes; también tenía jícama con limón y chile. Cuando alguno de los estudiantes no traía dinero en ese instante, le pedía fiado comprándole a crédito. Lo más asombroso era que El Viejo nunca apuntaba lo que le debían los alumnos, todo lo guardaba en su mente y no se le pasaba nada de las transacciones que hacía con todos y cada uno de los estudiantes. Vivía en contra esquina de la entrada del colegio y a Teto le gustaba llegar muy temprano para verlo trabajar en la preparación de la nieve y todas las demás cosas que preparaba para el consumo de los estudiantes. El Viejo era muy trabajador y un buen hombre. Los fines de semana, le ponía un burrito que tenía a su carretón para ir a vender sus viandas por todas las calles de Pueblo Nuevo. A Teto le gustaba mucho platicar y frecuentar al Viejo, sobre todo cuando preparaba sus nieves. Ya pasados muchos años, Teto y El Viejo tuvieron un acontecimiento en su vida, que sorprendió a propios y extraños.

En esos días Teto empezó a jugar beisbol muy seguido en equipos que se formaban en la colonia y en un equipo de la liga de la ciudad. Esos fueron los días en que un grupo de amigos se juntaban y Pit, arreglaba juegos para jugar con otros equipos, usualmente muchachos de la misma edad. Él era el principal organizador del equipo y juegos. Iban a jugar a ciudades cerca de Pueblo Viejo como, Pearshall, Zapata, Cotulla, San Ignacio, etc. etc. en el estado de Texas. Se juntaban un Sábado o Domingo muy temprano y se iban en carro todos en bola a la ciudad en dónde Pit había concertado el juego. Siempre jugaban por el hecho de jugar y divertirse, ganaran o perdieran, y la mayoría de las veces el equipo ganador se quedaba con la pelota del equipo perdedor, solo por el hecho de haber ganado el juego.

Después del sexto año habiendo terminado su primaria, Teto se fue al Instituto América de Estudios Superiores para sus estudios de secundaria. Se vio un poco confundido con el nuevo sistema de enseñanza; ya que aunque tenía un maestro de cuarto, las clases eran dictadas por maestros diferentes para cada asignatura. Así es que, tuvo que adaptarse al nuevo sistema, ya que cada profesor tenía su sistema propio de enseñanza para su clase en particular. Padre Clem, que era de origen Canadiense, era el que le enseñaba Inglés y había venido a Pueblo Nuevo a ayudar al Padre Loza, el patriarca de todos los padres de Pueblo Nuevo. Teto no aprendió mucho con el Padre Clem; razón por la cual tuvo bastantes problemas cuando se transfirió a la escuela de San José en Pueblo Viejo. Había también un Capitán Militar que enseñaba y preparaba a los estudiantes para marchar en los desfiles de días festivos de la ciudad. Era una persona muy estricta y le enseñó a Teto y a todos los demás estudiantes a como caminar, totalmente erguido, con un paso casi militarizado, como la forma correcta de andar. Los estudiantes flojos que no caminaban bien o no le ponían caso o atención a lo que enseñaba, le molestaban en sumo grado.

Posteriormente vinieron sus experiencias en San José, su escuela de high school, en el otro lado del Rio Grande. Se distinguió como fotógrafo oficial de la escuela, obtuvo el primer lugar de ventas de boletos para la kermes y fiestas escolares en su último año de estudios. Como fotógrafo, siempre trató de tomar las mejores fotos de acción que se pudieran obtener. Cuando fue el tiempo de tomar las fotos de las porristas de la escuela de Las Ursulinas, escuela hermana de San José que era de mujeres, él no quiso tomar fotos de ellas en poses estáticas y sin movimiento. Trato de tomarlas en movimiento dando una vuelta en el aire, saltando con los brazos en alto, o cualquier otra acción que las mostrara tal y como animaban a los equipos en sus participaciones. A todos les gustaron las fotos, pero las hermanas de Las Ursulinas y los hermanos de San José, tuvieron comentarios negativos, porque en las fotos se les veían los "chones" a las porristas en las instantáneas tomadas. Teto tuvo que retomar las fotos varias veces hasta que quedaron perfectas y muy bonitas y que les gustaron a todo el mundo que las vio. Cuando Teto tenía que posar también en la foto que se iba a tomar, el asistente que tenía, Bob Slauter, se encargaba de tomar las fotos. Cuando Bob pasó a su último año, el fue designado fotógrafo oficial de la escuela, al igual que Teto lo había sido, tomando él todas las fotos para el anuario de la escuela.

Desde El noveno año de high school, Teto acompañaba a sus compañeros de San José que venían de otras escuelas a visitar a las amigas o novias que ellos habían dejado en esas escuelas. Primero fue a San Pedro y después a Las Ursulinas; a dónde cuando el tiempo pasó, ellas también se transfirieron para seguir sus estudios de high school. Las clases en San José se terminaban como una hora antes de que se terminaran las de Las Ursulinas; así es que, Teto y sus amigos, se iban para el ala oriente de la escuela de las muchachas a verlas en su recreo antes de su salida y terminación de clases. Teto recuerda a una muchacha que estaba enamorada perdidamente de él y que ponía su nombre en la parte trasera del tacón de sus zapatos de la escuela. Se llamaba Judy, y Teto no tenía todavía en esas fechas un gusto especial por las muchachas o por las mujeres y miembros del sexo opuesto. No le tomó mucho tiempo esta situación, ya que en un muy poco tiempo empezó a poner mucho más atención, no solamente a Judy, sino a todas las muchachas bonitas de Las Ursulinas y de todas partes; especialmente en las fiestas en las que era invitado. Aprendió de repente, que a él le gustaban mucho todas las muchachas. Y aparentemente era correspondido por ellas, por su personalidad abierta y jovial. Además, por su gran gusto y su buen bailar, aptitud que a las muchachas también les encantaba; y de esa forma siempre tenía compañeras deseosas de bailar con él en las fiestas a donde él asistía.

CAPITULO SIETE –
Policía amigo.

La casa de Teto quedaba a solo cinco o seis cuadras de la "Zona Roja", sitio en donde se encontraban cantinas, burdeles, casas de citas, etc. Lo que salvaba la ubicación de la casa era que enfrente de ella estaba la Escuela Carranza, en donde los alumnos de las colonias adyacentes estudiaban sus años escolares de primaria. Esto hacía el lugar un poco decente y hospitalario, sin problemas de ninguna especie, debido a la cercanía de las casas a los lugares de perdición. En esa época, para reiterar lo dicho, las puertas de las casas no se cerraban con llave, solamente con puertas mosquiteras para no dejar entrar a los bichos voladores como moscos y zancudos y toda clase de insectos. Las puertas principales de entrada a las casas nunca se atrancaban y la gente grande, así como los chicos, deambulaban para arriba y para abajo, sin ninguna preocupación en el mundo. La gente se sentaba afuera de las casas en las galerías o en las banquetas a disfrutar del atardecer y las brisas frescas de las tardes. En esos días no había asaltos, robos o gente mala que se dedicara a hacer el daño o a hacer el mal; todos disfrutaban la compañía de todos los demás y se hacían amistades fácil y frecuentemente sin miedo o preocupación a que algo malo pasara.

A Teto le enseñó a manejar un muy buen amigo suyo, que trabajaba como policía municipal del Departamento de Policía de Pueblo Nuevo. Él le dejaba manejar el Jeep de la policía en el rancho de su abuelo. Una vez, también le enseñó a tirar con su pistola calibre 45 que le llamaba de cariño "La Rusa". Esta arma era muy potente y una de las veces que Teto le tiró a una posta de la cerca que dividían las parcelas del rancho, le acertó en el mero centro y la partió no solo por el frente, sino que también horizontalmente de la mitad del tronco hacia atrás. Eso le enseñó el poder y la fuerza de la pistola calibre 45, llamada "La Rusa".

Al policía, amigo de Teto, un día lo emboscaron dos individuos que lo habían invitado a subir al carro que ellos andaban manejando. El policía se subió en el asiento trasero sin siquiera sospechar lo que sucedería, y ahí, el sujeto que iba al lado del chofer, le disparo en dos ocasiones acertándole ambas en el estómago. Beto García, que era como se llamaba el policía, tuvo la prestancia y el coraje para sacar "La Rusa" de su funda y con ella matar inmediatamente al chofer y después al otro en su huida cuando salió corriendo del carro. A Beto, el policía, se lo llevaron muy malherido al Hospital San José. Teto fue a visitar a su amigo al hospital, pero la gente que estaba por ahí, policías y guardias, no lo dejaban entrar al cuarto de su amigo. Pero cuando el oyó su voz, le gritó con fuerza "Tocayo, pásale, que quiero verte". Cuando Teto entro al cuarto le dio mucha tristeza de ver a su amigo con un par de tubos por ambas fosas de su nariz y muy mal del semblante. Le preguntó "¿Cómo estás tocayo?" Pero ya a estas alturas su amigo estaba delirando y no se daba cuenta de lo que pasaba a su alrededor. Le dijo a Teto "Tocayo, mira el crucifijo en la pared viene bajando y Diosito ya viene por mí; se me hace que es el fin del camino para mi, Tocayo". Teto se entristeció aún más y casi se le salían las lágrimas, pero se quedo unos pocos minutos más con su amigo en el cuarto tomándolo de la maño con cariño. Después de un rato, salió del cuarto y sabía que esa iba a ser la última vez que iba a ver a su amigo con vida. Su amigo, Beto García, el policía, murió esa misma tarde como a las cinco. Teto se afligió y entristeció por varios días y semanas. Su amigo se había ido y ya no disfrutaría con él los viajes al rancho de su abuelo nunca más.

La primera experiencia sexual de Teto no fue buena. El había ido a comer una hamburguesa al restaurante muy popular de nombre "El Popo", después de una fiesta a la que había asistido en el otro lado y había estado bailando muy pegadito con una niña que le gustaba y se había excitado sexualmente por mucho tiempo y sentía un dolor intenso y agudo en la entrepierna. La muchacha se llamaba Ernestine Letsi y era una rubia menudita de ojos azules con la cual había bailado toda la noche. Ella era una gringuita que le gustaba ir con Teto al cine y pichonear juntos mientras veían la película, y creo que hasta era su novia. Terminó de comer lo que había ordenado, pagó su cuenta y determinó que era tiempo de ir a la Zona a ver si podía conseguirse una prostituta que le ayudara a erradicar el dólar de su entrepierna, ya que esta vez, no tenía intención de masturbarse para aliviar el dolor. Teto no recuerda exactamente lo que pasó, principalmente porque no fue una grata experiencia para él, puesto que no fue lo que él esperaba al tener sexo con una mujer. La mujer no era fea y si le gustó a Teto. Ella lo pasó a un cuartito chiquito dónde llevaba a cabo su negocio con los clientes, se desvistió y le pidió a Teto que hiciera lo mismo. Se acostó en la cama boca arriba con las piernas separadas, tomó el pene de Teto, que estaba tieso, y se lo introdujo en su vagina. Dado que estaba excitado, tuvo su orgasmo muy rápidamente y mientras estaba pompeando trató de besar a la dama y ella no lo dejó. Le preguntó si ya había terminado y todavía pompeando le dijo que esperara un poco, pero después de un ratito, lo empujó y ahí termino toda la experiencia. Fue puro sexo para desfogarse y quitarse el dolor que traía en la entrepierna; razón por la cual a Teto no le gustó nada el evento. Se propuso a si mismo nunca volver a pagarle a una mujer para quitarse un dolor de entrepierna por calentura, que era mucho mejor masturbarse que volver a tener una experiencia igual de horrorosa. Esa fue la primera y única vez en que él pagó a una prostituta para tener sexo con él. De ahí en adelante nació la idea en su mente de que era mejor invitar a una mujer a salir, al lugar que quisiera, tener una buena cena, y si la ocasión se presentaba posteriormente, llevarla a un hotel y disfrutar la noche haciendo el amor.

Ya eran las fechas de la graduación de high school de San José, y Teto no tiene idea ni recuerda lo que sucedió en el baile de graduación o a que muchacha invitó para que lo acompañara. Vagamente recuerda que a lo mejor invitó a Cukis, la morena de ojos verdes que fue su novia por un tiempo, pero no estaba seguro. De lo que si estaba seguro es que graduó con honores y obtuvo una beca con sus calificaciones, para asistir a la Universidad de St. Thomas en Houston.

CAPITULO OCHO –
Encuentro fortuito en carretera.

En el mes de Diciembre antes de su graduación, Teto fue a Houston con uno de sus tíos que vivía en esa ciudad para ver lo de su matrícula en St. Thomas. En el viaje de regreso de Houston a unas 19 millas antes de llegar a Pueblo Viejo, algo le sucedió a la camioneta de su tío que se paró y no quiso ya prender; tenía suficiente gasolina, por lo tanto, no era eso la causa de que no quisiera prender y caminar. Algo en su sistema falló y ni él ni su tío sabían qué hacer. La noche estaba muy fría.

Teto traía puesta una chamarra de cuero con el cuello de piel de Borrego. Se lo había subido para protegerse del frío diciéndole a su tío que iba a ver si alguien le daba un aventón a Pueblo Viejo para que vinieran a ayudarle a echarla a andar o a llevarse la camioneta en una grúa. Así es que, salió a la intemperie que estaba "tan frío afuera como la teta de una bruja", según rezaba el dicho mundano. Varios automóviles pasaron sin pararse hasta que un viejo Studebaker se paró como cincuenta o setenta metros adelante. Corrió hacia el carro y la dama que estaba en asiento del copiloto le pregunto qué había pasado. Teto le explicó lo que pasaba y lo que necesitaba y la dama le dijo "O.K. hijo, nosotros te daremos un aventón a Pueblo Viejo para que consigas quien pueda ayudar a tu tío". Así es que, le dijo que lo esperaran para ir a avisarle a su tío que ellos lo llevarían y que no se quedara con pendiente.

Teto corrió a la camioneta de su tío y le dijo que esos buenos señores le iban a dar un aventón a Pueblo Viejo para que consiguiera a alguien que viniera a ayudarlo, y se regresó al Studebaker subiéndose en el asiento delantero y la señora se pasó para en medio. El hombre que manejaba el carro, Teto asumió era el esposo de la dama y en el asiento trasero iban dos niñas; una de como trece años y otra de unos cinco, además de la sirvienta, pensó.

La señora le preguntó que como se llamaba y él le dijo, Teto Ramz. Entonces la señora le preguntó "¿Que es tuya la señora Ethel?", a lo que él le contestó: "Es mi mamá". La Señora casi le grito al señor: "Ya ves Ben, ya ves Ben, te dije que yo no podía olvidar esos ojos". "Hijo, tu sabes que yo te cambiaba los pañales cuando tú eras un pequeño bebe". "Tu madre y yo éramos muy buenas amigas cuando estábamos jóvenes y vivíamos en contra esquina una de la otra en Pueblo Viejo, cuando tu mamá vivía en la casa de tu tía Nene". "Sabes hijo, nunca, nunca, nunca, nos habíamos detenido en la carretera a subir a alguien al carro, pero cuando vi tus ojos, yo sabía que yo te conocía de alguna parte y que eras una persona conocida de tiempo atrás y que tu cara me era familiar, especialmente por esos ojos que tienes".

Así, la señora y Teto se "echaron el chal y el chicle" y siguieron platicando de tiempos pasados. Teto le dijo que fue lo que fue a hacer a Houston y también le platicó de su mamá y de su familia. Y de esa forma siguieron charlando, recordando viejos tiempos que ya habían pasado en la vida de Teto, su familia y sus parientes que la señora también conocía.

Los señores, no solo lo llevaron a Pueblo Viejo, sino también lo cruzaron del otro lado a Pueblo Nuevo hasta la casa de sus padres, después de que dejaran sus niñas en la casa de los parientes de la señora. Fue una reunión maravillosa de viejas amistades reunidas nuevamente por un acontecimiento fortuito, especialmente, si habían sido tan buenas amigas en el pasado cuando eran jóvenes. La mamá de Teto estaba muy agradecida con la señora, que se llamaba Anita y con su esposo Ben, por haber ayudado a Teto y todavía tomarse la molestia de traerlo hasta la casa en Pueblo Nuevo en el otro lado del Rio Grande.

A Teto no le interesaban mucho esas cosas, el estaba preocupado en alistarse y vestirse para ir al baile de Año Nuevo en la Cueva Leonística. Era uno de los eventos sociales más esperados de todo el año en Pueblo Nuevo. Todos los amigos de Teto iban a estar presentes para recibir el Año Nuevo y no quería perderse ni un minuto de las festividades y baile que iba a amenizar la Orquesta de Ingeniería de la Universidad de la Ciudad de México. Era un evento muy grande y con la descompostura de la camioneta del tío, él creyó que se iba a perder todo eso. Pero todavía había suficiente tiempo y era temprano para el baile, así es que Teto se vistió para la ocasión y se fue al baile para celebrar la llegada del Año Nuevo con todos sus amigos y conocidos, no olvidando de darle a Anita y Ben efusivamente las gracias por haberlo ayudado y de haberlo traído hasta su casa en Pueblo Nuevo.

Desde esa ocasión, Teto empezó a llamar a Anita su mamá gringa y siempre le llamaba todos los años en el segundo Domingo de Mayo en que se celebra el día de las madres en Estados Unidos para felicitarla en su día y el 10 de Mayo llamaba a su mamá Ethel, también para felicitarla en su día.

Después de la graduación, Teto se fue a pasar todo el verano al rancho de sus abuelos. A él le encantaban los veranos; montando a caballo, cazando, y haciendo toda clase de trabajos del rancho. Disfrutaba tremendamente pasar los veranos en el rancho de sus abuelos disfrutando tremendamente el aire libre y puro. Algunas veces tomaba el rifle 22 de pompa y se salía al monte solo; aunque fuera para caminar disfrutando del escenario, los olores, los nopales, los mezquites, las vacas, y todos los animales que se encontraba en sus escapadas por el monte en el rancho.

En el rancho, una de las veces, platicando con su abuelo, le preguntó el por qué del viejo Máuser 7mm, que tenía anillos de acero en sus lados, éstos estaban cubiertos totalmente con tela; y su abuelo viéndolo con ternura le dijo "Teto bebe, esto se le hacía al Máuser para que no hicieran ruido los anillos cuando me andaba echaba cabronazos peleando en la revolución, en 'la Bola', déjame contarte una historia", su abuelo le dijo: "Cuando peleaba en la Revolución Mexicana, fui tomado prisionero en Pueblo Nuevo, me pusieron en la cárcel para ser ejecutado por traición. Me llevaron en tren a la Ciudad de México para ser juzgado y ejecutado ahí, porque había cometido traición contra la causa de los Federales. El tren se tomaba dos días y medio en llegar a la capital desde Pueblo Nuevo y en ese tiempo algunos de mis amigos contactaron al Lic.

Don Emi Port. El, en ese entonces, tenía un alto cargo con el gobierno y tenía muchas conexiones en la grilla política. El era también Tamaulipeco, nacido en el estado, al igual que yo y era un buen amigo que me conocía muy bien a mí y a toda mi familia, y que él sabía que yo no era un traidor a la causa. El empezó a contactarse con todos sus amigos políticos de altos puestos en la capital para ver qué podía hacer por su buen amigo Don Pietro de la Ciudad de Pueblo Nuevo. Así es que, antes de que el tren llegara a Ciudad de México echo a andar todo su capital político y contactos para que le trajeran a él personalmente a Don Pietro cuando llegara a la capital. Sea lo que fuere, movió muchos hilos y cuando el tren llegó, me llevaron en cadenas escoltado por tres soldados a su oficina en el palacio de gobierno. Cuando me vio y vio la forma en que era tratado, se enojó mucho y le dijo a los soldados que me quitaran las cadenas y que me dejaran libre, que él iba a tener una larga conversación conmigo y que no había causales para que me tuvieran en custodia, que era libre para ir a donde me pareciera, y lo más importante, que yo no era ningún traidor a la causa o cualquier otro cargo que me hubieren imputado. Así es que, mi "Teto bebe", de esa forma me salvé de ser ejecutado por traición".

CAPITULO NUEVE –
Don Emi Port; quebrada y operación tobillo; selección carrera; encuentro familia Kelly.

Inmediatamente después de que se graduó de high school, su abuelo le pidió que llevara un presente muy especial al Lic. Don Emi. Teto debería llevar el regalo y entregárselo personalmente en las manos del Lic. Port. Esa fue la primera vez, de muchas otras, que Teto se reunió y hablo con Don Emi. El iba a tener una gran influencia en el futuro de Teto y lo guiaría en el viaje, exploración y marcha final de su vida posterior que marcaría el futuro personal, profesional y político de los acontecimientos de su propia vida futura.

Teto no quería estudiar medicina, el había visto y probado en carne propia las penurias que su padre, médico especialista, habiendo sido él un apostolado de la medicina, su profesión, pasó en casi en ese estado de penurias todos los días de la vida familiar. En muchas ocasiones Teto lo acompañaba a hacer visitas familiares personales a curar a un niño o niña enfermo en altas horas de la noche. Y si los padres del chico no tenían dinero para pagar la visita médica, no les cobraba ni un centavo. Aunque a Teto no le importaba la riqueza, decidió desde siempre, que la vida de doctor en medicina no era para él. Muchos años pasaron, y en sus entrañas y pensamientos íntimos, pensó que a lo mejor tomó la decisión equivocada, ya que pensaba que pudiera haber sido un excelente cirujano o doctor de medicina.

A Teto le gustaba la química y las matemáticas, así es que: ¿Qué fue lo que decidió? El decidió estudiar y convertirse en un Ingeniero Químico. St. Thomas era una universidad de artes liberales y no tenía escuela de ingeniería en su currículo; por lo tanto, al final de su año escolar en Sto. Tomás, empezó a buscar una nueva universidad en donde pudiera estudiar lo que él consideraba su llamado.

Como se mencionó antes, Teto era un muchacho al que le gustaba todo tipo de deportes y dado de que había jugado mucho el beisbol en sus años mozos, decidió competir por un puesto en el equipo representativo de la Universidad de St. Thomas. Teto fácilmente calificó para el equipo. A él le gustaba jugar de segunda base o de jardinero central. Al entrenador le gustaba la rapidez y velocidad con que él hacía sus tiros; por esas razones, lo puso de cátcher ya qué era muy bueno para hacer los tiros a segunda base. Ningún corredor robó la segunda base, cuando Teto jugó la posición de cátcher en los juegos.

En uno de los juegos que Teto pegó un hit sencillo y estaba en primera base, se apresuró a robar la segunda y como era muy rápido para levantar velocidad corriendo, se barrió en la segunda quedando su pie derecho atorado en la base y todos oyeron el fuerte tronido que se percibió. Se había quebrado el tobillo en tres partes y roto todos los tendones adyacentes. Se lo llevaron inmediatamente al Hospital de la ciudad de Sherman, Texas para sacarle una radiografía y que lo revisara un médico ortopedista para que diera su diagnóstico. Le tomó a Teto esperar más de cuatro horas a que llegara el médico ortopedista, ya que andaba jugando golf en un club cercano, pues era Domingo. Cuando el doctor vio las radiografías, primero le dijo que tenía que operar y colocarle una varilla de acero y una placa en su tobillo. Esa opinión, no le gustó nada a él, ya que siendo hijo de un médico ortopedista, sabía o tenía conocimiento de esas cosas; así es que, le dijo al entrenador que quería regresarse a Houston para que otro doctor diera otra opinión de lo que se debería de hacer. Viajó hacia Houston en el primer lugar en el frente del avión y fue llevado al Hospital San José. Inmediatamente que el doctor del Hospital de San José vio la radiografía, le dijo: "Hijo, tienes todos los tendones de tu pie derecho rotos y se te tiene que operar para coserlos y fijar bien los huesos que se han quebrado para que quedes bien, y todo esto te llevará cuando menos dos semanas en el hospital". Entonces teto le dijo al doctor que él no tenía la edad suficiente para autorizar dicha intervención y que tenía que llamarle a su papá a Pueblo Nuevo para que le explicara lo sucedido y lo que él estaba recomendando para que él autorizara a llevar a cabo el procedimiento. El doctor llamó y habló largamente con el papá de Teto y todo procedió de acuerdo como el doctor del Hospital de San José había sugerido sobre el procedimiento que se debería llevar a cabo en el pie y tobillo de Teto para que quedara bien.

Como Teto era una persona muy activa, el estar en cama por tiempo prolongado, le paro los movimientos normales de sus intestinos y le tuvieron que poner un edema para corregir el problema de constipación que se le presentó. La comida en los hospitales ha estado siempre para llorar, bastante mala y desabrida; así es que un día, Teto se puso en huelga de hambre hasta que no le trajeron un buen par de hamburguesas. Se salió con la suya, y le trajeron sus hamburguesas al hospital para que comiera. En otra ocasión, se reusó a tomar unas pastillas para dormir, porque a las dos horas, venía y lo despertaba la enfermera a ponerle una inyección para el dolor. Y por supuesto, al día siguiente, el doctor cambió la prescripción para que tanto la pastilla y la inyección fueran administradas al mismo tiempo y a la misma hora, evitando cualquier problema posterior.

Le dieron a Teto un par de muletas para caminar y de salto en salto, caminaba por todos los pasillos de su piso en el hospital con su pierna enyesada. Se ponía a coquetear con todas las enfermeras, causando problemas y bullicios indebidos en el hospital; además, de no estarse quieto por un minuto en todo el día. No se recuerda cuánto tiempo pasó en el hospital, pero deben de haber sido como dos semanas, mínimo, tal y como lo había dicho el doctor. Después de que le dieron su salida del hospital, se fue por un tiempo para Pueblo Nuevo a recuperarse, solo regresando a la Universidad de Santo Tomás a tomar los exámenes finales de su segundo semestre de estudios

Cuando Teto regresó a casa, todos sus amigos le hacían burla. En ese entonces estaban exhibiendo una película llamada "Cat on a Hot Tin Roof", en la cual participaban Paul Newman y Elizabeth Taylor. Todos los amigos de Teto le hacían burla y le decían que se había roto la pierna a propósito, ya que tenía un parecido impactante con Paul Newman. En la película, el actor se quiebra una pierna saltando unas vallas en una pista ovalo de carreras de un colegio. A él también le pusieron un yeso en la pierna, al igual que Teto. Teto tenía un amigo en high school que se llamaba Buddy Gooden que siempre le llamaba "Paulito" porque él decía que era igualito en apariencia al actor.

Cuando Teto se recuperó lo suficiente, fue de regreso a la Universidad de Santo Tomás para tomar los exámenes finales del segundo semestre, todavía con muletas. Batalló bastante para pasar todas las materias, ya que cuando convalecía no estudió para nada; mucho menos estaba preparado para tomar todos los exámenes a un tiempo. Pero, los pasó todos: unos con "C" y "D", pero todas las materias las aprobó. Ahora era el tiempo de que Teto decidiera dónde y a que universidad se transferiría para poder continuar su educación superior.

El licenciado Don Emi Port quería que Teto estudiara leyes, pero a él no le gustaban las leyes o convertirse en un abogado. Además, quería estudiar en Estados Unidos y las leyes que se estudiaban en ese país, no eran iguales a las de México y no iba a poder ejercer su profesión después de que obtuviera su título. Por lo tanto, Teto empezó a estudiar en una escuela de Ingeniería; especializándose en Ingeniería Química, profesión que involucraba principalmente sus materias predilectas, que eran las matemáticas y la química.

Aún que Teto obtuvo una beca para la Universidad de Santo Tomás en la ciudad de Houston, Texas, ésta era solo de Artes Liberales y no tenían escuela de Ingeniería en su currículo. El había oído hablar de que A&M College of Texas en la ciudad de College Station tenía un excelente currículo de estudios en todas las Ingenierías, especialmente en Ingeniería petrolera e Ingeniería Química. Por lo tanto, se matriculó en A&M ese Septiembre. Pasó la mayoría de su tiempo estudiando mucho, ya que la Ingeniería Química era un campo bastante difícil para estudiar y obtener su título.

Mientras estudiaba en Santo Tomás, una familia de Houston, cuya cabeza era el Sr. Thomas Francis Patrick Kelly, un Irlandés hecho y derecho, y que a sugerencia de su Iglesia Católica, lo estaban invitando conjuntamente con otros dos estudiantes de otras universidades de la ciudad, a cenar en su casa. La invitación vino con la intención de que los estudiantes foráneos sé familiarizaran con la forma en que vivía una familia Tejana en el país; además, de pasar un tiempo agradable conviviendo con ellos en su casa.

Teto fue el único estudiante que asistió a la casa de la familia Kelly; los otros dos estudiantes, uno de la Universidad de Rice y otro de la Universidad de Houston, nunca aparecieron.

Tan luego entró Teto a la casa de la familia Kelly, el señor Kelly, un hombre corto de estatura, poco rechoncho con figura paternal, una pipa en una mano y un vaso de whiskey Jack Daniel's Tennessee Burbon en la otra, le dijo: "Mi casa es tu casa" y que no le preguntara nada más en Español, porque era lo único que él sabía. Lo primero que Teto notó en la casa al entrar fue una caricatura del Sr. Kelly en el Bar "El Tenampa" de Ciudad de México dibujado igualito a como se describió arriba.

Teto pasó un día maravilloso y una tardeada inolvidable en la casa de la familia Kelly, la tía Bea esposa del Sr. Kelly, Tom Jr. y Maureen, su única hija y la menor de la familia. Tía Bea era menudita y muy delgada; Tom era alto y bien parecido, pero Maureen era una jovencita muy bonita, peliroja, con el color del fuego en su cabellera. Ella debería de tener los genes de los antepasados de la familia Kelly o de la familia de tía Bea.

El Sr. Kelly le sirvió un vaso corto de burbon whiskey y le preguntó que si fumaba. Le dijo que sí, pero muy de vez en cuando, sobre todo, en sus estudios de las noches anteriores a algún examen que debería tomar al siguiente día. En esas ocasiones casi se terminaba un paquete de cigarros en una noche. El señor Kelly le presentó a Teto una pipa nuevecita y le proporcionó algo del tabaco que el fumaba. Esto iba a ser algo que Teto seguiría por tradición y por gusto en los años posteriores de vida: su gusto por el burbon whiskey y el placer de fumar su pipa.

Cuando ese esplendoroso día terminó, Tom Jr. llevó a Teto a su dormitorio en Santo Tomás, para nunca volver a ver a la familia en ese año. Estando en A&M, un día que Teto estaba en su cuarto del dormitorio de la universidad, y le tocaron la puerta y al abrir, Tom Jr. estaba en el dintel. "¿Dónde carajos has estado todo este tiempo?, mi papá le ha preguntado a medio mundo tu paradero, y finalmente yo encontré la información de que te habías transferido a A&M", le dijo de buenas a primeras. También le dijo que estaba en su último año de estudios y todavía tenía un semestre que cursar para graduarse. Que su papá quería que él fuera a la casa de la familia. Que él iba a Houston todos los fines de semana manejando su carro, que si quería acompañarlo, o que si tenía algo que hacer el fin de semana. Que a él le daría mucho gusto llevarlo. Las palabras de Tom Jr. le brindaron a Teto un dichoso reencuentro con la familia Kelly y la invitación le daría un hogar y casa adicional a la casa paterna con una familia que lo quería y estimaba casi tanto como sus propios padres. De ese tiempo en adelante, el se iría a Houston casi una semana si y otra no, a visitar a la familia Kelly.

El Sr. Kelly tenía relaciones de negocios con una familia prominente de Monterrey que también estaba en el negocio de los productos para prevenir la corrosión. Cada vez que Teto iba a la casa de los Kelly, el Sr. Kelly siempre le preguntaba que si traía dinero y el siempre le decía que si; ya que estaba trabajando en el comedor de la universidad, pero el Sr. Kelly le metía en una de las bolsas del pantalón un billete de diez o veinte dólares para que lo gastara como él quisiera. Cuando estaba en la casa de la familia Kelly, Teto tenía la oportunidad de usar cualquiera de los autos de la familia. El Sr. Kelly tenía un Lincoln Continental, tía Bea un Corvair, Tom Jr. un Impala, y Maureen un Tempest. También había un Rolls Roys 1945 que el Sr. Kelly había adquirido tiempo atrás como colección.

Todas las veces que Teto iba a Houston visitaba a Anita, Ben y su familia. El hacía citas con muchachas que iban a la escuela de la hija de Anita, Annie Laurie. También salía con otras chicas que había conocido mientras estudiaba en Santo Tomás. El nunca pensó en salir en citas con Maureen; a lo mejor no le gustaban las chicas pelirrojas, o aquellas que tenían el carácter muy fuerte, o simplemente no quería que pasara algo malo y se rompiera la relación con la familia Kelly. Posteriormente, él descubrió que Maureen había conseguido trabajo con la policía de la ciudad de Houston. Esto fue algo que le facilitó varias informaciones que le ayudaron en su vida futura cuando regresó a México.

Teto era muy bueno para las matemáticas, algebra, cálculo, trigonometría, química y física. A él no le gustaba la clase de civismo, historia y todas las demás asignaturas. A todos los estudiantes les asustaban los exámenes de matemáticas, pero el solo estudiaba la noche antes del examen resolviendo algunos problemas y siempre sacó "A" en ellos. Era muy bueno en encontrar las respuestas y soluciones a problemas complicados y le gustaba mucho hacerlo. A él le gustaba que su inteligencia fuera comprometida y retada, llegando siempre a las respuestas que trataba de encontrar de los problemas que se le presentaban. Esta habilidad de Teto, le ayudó mucho a resolver todos los problemas que se le presentarían posteriormente y de esa forma logró muchos éxitos en su vida futura.

Su amor por la química fue puesta a una severa prueba y lo perdió totalmente con el profesor de físico química Henry Tautman. A lo mejor era porque Teto no entendía sus explicaciones de la físico química o el profesor Tautman no sabía cómo trasmitirle la información y/o explicaciones de la físico química a Teto en sus clases. Esa materia fue la culpable que Teto casi no terminara sus estudios en A&M y obtuviera su título. El reprobó el primer semestre de la materia y saco una "D" en el semestre posterior, pasando de panzazo. El segundo semestre de la materia lo tomó el primero de su penúltimo año de estudios, y también lo reprobó. Se prometió a sí mismo no tomar esta materia tan difícil para él, hasta el último semestre de estudios. Sucedió que un buen día, el Sr. Tautman caminaba al frente del edificio de la escuela de ingeniería química la semana anterior a la terminación de cursos y graduación, cuando vio a Teto y le dijo: "Teto, vas a poder graduarte, pasaste con una "D" tu examen de P-chem". Teto ni siquiera le dio las gracias y corrió al edificio de ingeniería química al teléfono público para llamare a su papá y decirle que si se iba a graduar y recibiría su título; ya que su papá estaba al tanto de los problemas que estaba teniendo para aprobar esa materia tan difícil y que a lo mejor no la pasaba y no pudiera graduarse y que lo más probable fuera que necesitaría tomar clases de verano de esa materia para terminar sus estudios y recibir su diploma. Cuando Teto pudo contactar a su papá, que en ese momento estaba en ciudad de México, su papá se puso muy contento felicitándolo, ya que su hijo iba a poder recibir su título como ingeniero químico. Su papá viajó de ciudad de México a Pueblo Nuevo, dejando a su esposa ahí y después manejó hasta College Station para asistir a la ceremonia de graduación y ver a su hijo recibir su título.

Algunas de las peculiaridades que tenía el profesor Tautman de p-chem eran: siempre llevaba a todas sus clases el mismo sweater de color gris-verdoso ya desteñido; y nunca limpiaba o le daba grasa a sus zapatos desde que los compraba hasta que casi se rompían a pedazos. El era casi una celebridad y genio de la materia que enseñaba en la Universidad de A&M; y que era la físico química. Pero Teto pensaba que él siempre se encontraba en "la nube número nueve", muy arriba de la cabeza y conocimientos de sus estudiantes a los que enseñaba y por lo tanto, imposibilitado de trasmitirles los conocimientos que él tenía de la materia. De los aproximadamente veintiséis estudiantes que tenía en su clase, solamente dos obtuvieron una calificación mayor a una "D", nunca mejor que una "B". Esta fue una de las frustraciones de Teto en sus años universitarios: el haber tenido tantos problemas con la materia de físico química, que casi le evita el poder recibir su diploma al final de cursos.

CAPITULO DIEZ –
Primer trabajo; charlas con Don Emi.

Algunas semanas antes de su graduación, Teto había solicitado entrevistas con personas que representaban diferentes empresas establecidas en México. Esta era uno de los beneficios que A&M proporcionaba a sus estudiantes que se graduaban para que tuvieran una oportunidad de salir con trabajo y empezar a trabajar profesionalmente con la compañía que les ofreciere y ellos aceptaran, un trabajo después de obtener su título.

Dupont fue una de las compañías con las que Teto entrevistó antes de recibirse de A&M. Uno de los altos ejecutivos de la empresa vino al campus a entrevistar a estudiantes mexicanos que estuvieran interesados en trabajar para ellos. Mr. Wall fue un estudiante también graduado de A&M y era una persona jovial, inteligente e interesante, que a Teto le simpatizó inmediatamente y esperaba que la empresa le ofreciera un trabajo después de su graduación y que el Sr. Wall fuera su jefe inmediato. La oferta de Dupont fue una de varias ofertas que Teto recibió de las entrevistas que sostuvo. Esta oferta fue mucho más de lo que él esperaba, ya que el Gobierno de Estados Unidos le proporcionaría tres períodos de seis meses cada uno para hacer prácticas técnicas de trabajo después de su graduación con la empresa que lo contratara. Esto, en esa época, lo facilitaba el Gobierno Americano para que las personas foráneas que regresaran a sus países de origen fueran más y mejor capacitados y que pudieran tomar una mejor posición de trabajo con las empresas que los contrataron, esto debido a su mejor entrenamiento y capacitación.

Don Emi Port siguió muy de cerca los estudios de Teto, su graduación, su primer trabajo, y todo aquello que pasaba a su alrededor. Él lo llamaba a su oficina y tenía largas conversaciones, hablando por horas con él, y le platicaba de todos los proyectos que él había tenido en su período como presidente de la república. Y también le platicó de todos aquellos que no pudo cristalizar y/o lograr poner en efecto, debido a los muchos problemas que encaró: corrupción rampante por todos lados y en todos los puestos del gobierno, en los bajos y altos oficiales de gobierno, en todas las Secretarías, en la cámara alta y la cámara baja, así como en todo el aparato judicial; aunque esos puestos fueran ocupados por personas bastante cercana y allegadas a él. Pero como Pancho Villa, el famoso guerrillero solía decir: "Nadie puede aguantar cañonazos de cincuenta mil pesos oro", cantidad modificada a los tiempos en que se vivía la época. Además, le confiaba a Teto, que todos los que ocupaban una posición en el gobierno trataban de obtener tanto como pudieran, primero para sí mismos, y después para su partido político y/o ambos a la vez. Solo veían por sus propios intereses y los del partido político al que pertenecían; nunca tomando en cuenta la voluntad de la gente y los ciudadanos del pueblo en el país. Don Emi estaba mucho muy frustrado, debido a que no pudo llevar a cabo uno solo de sus grandes proyectos que le hubieran dado al país el empuje para salir de la pobreza y corrupción y llevándolo a una alta posición en la economía mundial. Don Emi buscaba la confianza y a un confidente en Teto; confiando ver si él pudiera en un futuro, hacer algo para lograr lo que él deseaba para el país y que nunca pudo concretizarlo personalmente. Solía decirle a Teto que no quería morir dejando el país con toda la "caterva" de rateros, corruptos y sucios políticos de toda la burocracia oficial gubernamental en todos sus niveles. El quería dejarle a Teto su legajo de proyectos y deseos que tenía para México, cuando había tomado el puesto de primer mandatario del país.

Don Emi pensaba que si no se llevaba a cabo un cambio profundo y drástico, el país nunca iba a progresar y todos los políticos sucios y corruptos oficiales de gobierno, nunca le iban a dar la oportunidad a nadie; esa oportunidad de cambiarlo, principalmente debido a lo que ellos pudieran perder, si algo pasaba para cambiar su status y forma de vida dentro de la ubre gubernamental, y a perder también todas sus prerrogativas si algún cambio substancial ocurría. La prioridad principal de estos políticos era dejar las cosas como están, sin cambios que pudieran poner en zozobra o peligro su estatus dentro de la oficina o puesto gubernamental para el cuál ellos habían sido "debidamente elegidos" a desempeñar. Todas esas cosas y pensamientos eran confiados por Don Emi a Teto y siempre era lo mismo en esas largas e interminables charlas y confidencias: Cómo, y/o, qué pudieran hacer para cambiar a México, para que México y todos los habitantes aspiraran a una igual oportunidad de trabajo, progreso y riquezas en todos los aspectos de sus vidas. Don Emi le decía a Teto que él pensaba que la mezcla de Español y Indio fue lo peor que le pudo pasar a éste país, que es México. Hay una caricatura de Abel Quesada, uno de los mejores y el más reconocido caricaturista de México, en la cual describía la realidad del país Mexicano, su gente y sus ciudadanos. En una caricatura, dibuja a un hombre maduro, adusto, y con una larga y blanca barba, portando un báculo de mando dirigiéndose al Señor nuestro Dios: "Maestro, no crees que le has dado demasiadas cosas y riquezas a éste país en particular: mucho oro, mucha plata, mucho petróleo, muchos recursos naturales, etc. etc." Dios nuestro Señor lo miró tiernamente y le dijo: "Hijo mío, no te preocupes, solo espera a ver el tipo de habitantes que voy a poner a ese país" y puso a los mexicanos, y así, le puso totalmente en la madre a todo el territorio mexicano para siempre.

Don Emi le decía también, que después de todo lo que se han robado y todo lo que han saqueado al país los políticos y corruptos oficiales en todos niveles gubernamentales, y aún con esto, todos ellos, todavía no han podido darle en la madre a este hermoso y rico país. Y decía que a pesar de que unos habían venido y se habían ido y otros venían para irse después, que todavía tenía México infinidad de recursos y tanto que aprovechar para el beneficio de todos los habitantes y ciudadanos de esta tierra, antes de que se la acabaran totalmente. Que esto tenía que CAMBIAR, pero alguien tenía que tomar la batuta para llevar a cabo acciones DRASTICAS que cambien todo el "status quo" existente y que le den un giro completo a todo el país, cambiándolo para mejorar su desempeño político, social, y para el mejoramiento de todos los ciudadanos y gente que lo habita. Teto solía oír a Don Emi, embelesado, y en otras ocasiones con los ojos muy abiertos, por las cosas que Don Emi tan vehemente le compartía en sus pláticas.

Teto terminó sus tres períodos de prácticas técnicas autorizadas por el gobierno, pero su jefe inmediato, el vicepresidente de mercadeo internacional de Dupont, quería que él pasara más tiempo en Estados Unidos entrenándose, para que cuando regresara a cualquier país Latinoamericano y/o de regreso a México, fuera a una posición de mayor jerarquía y responsabilidad. Por lo tanto, el señor Wall solicitó al gobierno una extensión del período autorizado, la cual obtuvo. Después de que el cuarto período de entrenamiento de Teto terminó, el Sr. Wall volvió a solicitar otra extensión, la obtuvo, con el expreso compromiso de que Teto fuera reclutado por el ejército para participar en la guerra de Vietnam que los Estados Unidos estaban teniendo y de esa manera, pagar lo que el país Americano estaba otorgándole.

CAPITULO ONCE –
Inscripción en Marines; promesa a Don Emi; operaciones especiales-Vietnam.

Cuándo le llegó el tiempo de inscribirse en el ejército, Teto escogió entrenar y capacitarse como un experto tirador en la Marina. Dado que él había tenido mucha práctica y entrenamiento cuando era pequeño en el rancho de sus abuelos, matando presas para comer, fue sumamente fácil para él volverse un súper experto tirador en la Marina de los Estados Unidos. Como su superior solía decir: "Teto puede poner una bala en el fundillo de una mosca a 1,000 metros de distancia, o mucho más". Esta habilidad en particular, le daría la ventaja y propósito en su vida futura cuando le juró a don Emi en su tumba: "Don Emi, le juro y prometo que haré todo lo que esté de mi parte para llegar a lograr lo que usted quiso hacer en su vida, en este país nuestro, que tanto amamos y que es México. No descansaré hasta terminar lo que haya empezado y daré mi vida por éste país que tanto quiero y que es nuestro país, hasta lograr el objetivo que me haya trazado. México tiene que llegar a ser el país que usted visionó para toda su gente y todos sus ciudadanos y que nunca llegó a lograrlo actuando dentro de la ley. Le prometo aquí ante su tumba a usted mi amigo, mentor, confidente y maestro, que si necesito actuar fuera de la ley, YO ASI LO HARE, para lograr el México que queremos para el bien de todos los Mexicanos". Esas fueron las últimas palabras que pronunció Teto en la tumba de Don Emi, y fueron proféticas en todos sentidos. Aún así, cada vez que lograba algo que lo llevara más cerca de su objetivo trazado, visitaba la tumba de Don Emi y solo mencionaba: "Querido y estimado Don Emi, otro pequeño escaño y paso en el proceso de trasformar a nuestro México".

Cuando estuvo Teto en los Marines, participó en muchas expediciones que eran enfocadas al exterminio de guerrilleros Viet Cong y altos oficiales de su ejército. Sus blancos y objetivos fueron hechos desde muy lejos con un rifle "Francotirador", altamente certero y de alta-velocidad-y-alto-desempeño. Los rifles usados por él eran el producto excepcional de un fabricante de armas que conoció personalmente. Admiraba su especial talento y habilidad extraordinaria para fabricar rifles que pegaban en el blanco a muchos, muchos metros de distancia. El fabricante no hacía muchos rifles de esa calidad, pero ponía una especial atención a los que fabricaba para Teto; ya que sabía de su habilidad para acertar a los blancos lejanos. También le enseño a Teto cómo diseñar y hacer rifles y a cómo fabricar los casquillos y balas que se usaban en ellos, así como, el especial cuidado que debía tener al colocar meticulosamente las cantidades exactas de pólvora y los tipos que debería usar en cada ocasión, para que las balas desempeñaran las características que requería y darle al blanco y a las presas a las que le tiraba. Para hacer ese tipo de tiros de grandes distancias, Teto tenía que estudiar y familiarizarse con las velocidades y direcciones del viento y su afectación en la trayectoria de las balas para hacer blanco en sus objetivos, fueran éstos animales y/o humanos, o solo en la práctica de tiro. El mejor tiro realizado por Teto fue el de un Coronel del Viet Cong a más de tres mil yardas de distancia. Sólo él sabía de ésta hazaña, ya que no le gustaba hacer alharaca ni vanagloriarse con otros de lo que hacía; además, no le gustaba que supieran de su habilidad de llevar a cabo las expediciones de exterminio que le eran ordenadas por sus superiores. El solo estaba cumpliendo órdenes, ya que era un soldado y estaba actuando como tal, y esto era la guerra; además, Teto siempre pensó que era su deber solemne el de desempeñar tales acciones para poder pagar a Estados Unidos por haberlo ayudado en su capacitación y entrenamiento, su vida, sus estudios, y en el bienestar de su familia que todavía vivía en México.

Todo esto era el pequeño precio que debía pagar y su conciencia estaba en paz con lo que él hacía. En la guerra, él consideraba que era su deber matar a los enemigos para pagar su deuda con su país adoptado, cuando menos por el momento. A él nunca le importó el matar a gente que eran enemigos y malos elementos para la paz mundial, y hasta malos para su propio país. Las ideas políticas que estos hombres tenían, él las consideraba equivocadas; algo muy similar a lo que estaba pasando en su querido México, aunque estas no fueran debido a la guerra que se llevaba a cabo. Aún así, esas políticas torcidas tenían el mismo efecto en la gente; especialmente en la gente pobre y la clase media que siempre sufrían y tenían que llevar a cuestas el peso de todo el país. Ellos eran los más golpeados por los políticos corruptos y malos oficiales y malos burócratas del gobierno en todos sus niveles. Esta gente que no podía hacer nada, pues eran individuos cautivos que solo podían agachar su cabeza y aceptar lo que los políticos del país les dictaban. La gente pobre se volvía más pobre y la clase median sufría más con la carga de extraños y superfluos gastos, exorbitantes impuestos, y altísimos salarios de los individuos en el gobierno, desde los senadores, diputados, jueces, y hacia abajo del excesivo y corrupto aparato burocrático. Era como el viejo adagio añejo que se decía y se oía en México: "Son una mentada de madre a la pobreza". Todos estos pensamientos se los había inculcado Don Emi en la mente de Teto en sus discusiones y largas charlas de confidencias con él. Esto así era, y si no se hacía algo al respecto, nunca acabaría y continuaría para siempre, hasta que llevaran al país a su quiebra y su total ruina.

Después de dos años de haberse enlistado con los Marines como "operador especial", Teto se retiró del servicio militar con el grado de Coronel de Fuerzas Especiales de donde servía con los Marines. Le otorgaron toda clase de medallas: desde la medalla de plata hasta la medalla de Honor por servicios distinguidos y por haber expuesto su propia vida. Todas las aceptó con una actitud de humildad y de bajo perfil para no llamar la atención hacia su persona. No le enorgullecía todos los logros que había obtenido, debido al hecho de que siempre lo considero como algo que le debía a el Gobierno de Estados Unidos por todo lo que había hecho por él; pero estaba satisfecho de todo lo que había logrado con los Marines en un modo muy especial y lo llevaba consigo muy dentro de su ser.

CAPITULO DOCE –
Veneno especial.

Después de su servicio militar, Teto quería encontrar algo que hacer, pero quería hacer algo con propósito, no solamente para él, sino que también fuera bueno para su país, México. Una de las veces que iba caminando por la Avenida Reforma en la ciudad de México, se molestó mucho de ver el caos que una de esas grandes manifestaciones y demostraciones de gente de la Comisión de Luz, que no servía para nada, además de molestar a todas las personas a su paso. Este era el sindicato que el presidente de la república había ya disuelto y abolido, debido a que era una grandísima carga para el erario nacional. El Gobierno Federal tenía que deshacerse de más de cuarenta y seis mil millones de pesos cada año para sostener las extravagancias del sindicato y su muy corrupto líder. Había demasiadas "componendas" entre el líder del sindicato y la gente que manejaba los dineros que el Gobierno Federal les otorgaba, usándolo como ellos quisieran gastarlo ya que no tenían necesidad de justificarlo; además, cosa que nunca iban a hacer. Este líder en particular, había empezado como un joven muchacho muy humilde, que no tenía ni siquiera un par de pantalones suplementarios que usar en público. No tenía salario y ni siquiera una escuela que pudiera asistir para su educación. Ni él ni sus padres tenían dinero para comprarle un par de zapatos y usaba los que sus amigos o familiares le pasaban de segunda mano para que los usara. Pero era una persona bastante inteligente y pudiera decirse que hasta brillante. Empezó desde muy joven en la empresa

*y progresó poco a poco dentro de los puestos de la compañía hasta casi llegar
a la cima.*

*Algunos decían que había mandado matar, a propósito, a un compañero
contrincante en las elecciones, para apoderarse del puesto de liderazgo y la
presidencia del sindicato. Con esa maniobra no tuvo contrincante que le hiciera
sombra cuando llegó el tiempo de las elecciones para elegir al presidente y líder
del sindicato; por lo tanto, fue elegido con una gran mayoría de votos de los
"agremiados". Desde un principio aseguró su puesto como líder del sindicato
colocando a sus "amigochos" en puestos clave y dándoles otros puestos a todos los
que en el pasado habían estado y trabajado con él, cuando estaba subiendo los
escaños dentro de los escalafones del sindicato, considerándolos como sus amigos
íntimos. También desde un principio mostró su voracidad para amasar toda
la riqueza que pudiera para sí mismo, teniendo siempre en consideración a sus
compinches y allegados cercanos. Como era muy bueno para repartir fortunas
con los allegados que puso en los puestos clave del sindicato, todos se cubrían
unos a otros la corrupción y rapacidad que tenían, sin importarles la suerte de
todos los demás trabajadores de la empresa.*

*Este líder en, particular, le estaba causando unos problemas tremendos al
presidente actual de México; así como, también a varios de los secretarios de
estado, tales como: el de Trabajo, el de Gobernación, el de Energía, etc., etc.
De ahí que Teto se formó un plan ambicioso para ayudar a su presidente, a
México, y a toda su gente y ciudadanos que querían hacer el bien por el país y
su gobierno, parando de cuajo todos los problemas y caos que este líder estaba
causando continuamente. Por lo tanto, empezó a pensar y a planear la forma
que pudiera llevar a cabo ésta operación para desaparecer a este facineroso
líder del escenario actual del país. El dispararle y matarlo, sería bastante fácil,
pero lo convertiría en un mártir y, por lo tanto, causar mayores problemas
para el presidente, para México, y en general para todo el gobierno del país.
El tratamiento que se le debería de dar a éste líder, debería de ser uno en
que su muerte se catalogara como un infortunado accidente o una muerte
natural, para que nadie fuera catalogado o culpado como responsable de su
fallecimiento.*

En el transcurso de sus correrías con los Marines, Teto tuvo conocimiento de varios venenos potentes que podían matar a una persona en un período de entre una hora a seis días, dependiendo de las cantidades usadas y sin dejar rastro alguno de el motivo del deceso de la persona a la que se lo hubieren aplicado. Por esas razones, él pensó que un veneno con acción potente probablemente haría el trabajo de matar al líder sindical de la Compañía de Luz que, a la fecha, había causado tantos problemas con su movimiento y demostraciones que hacía y que todavía estaba llevando a cabo en éstos días. Los problemas causados afectaban no solo al gobierno, sino a toda la gente y a los ciudadanos de la capital principalmente, bloqueando avenidas de intenso flujo, haciendo plantones sin ton ni son, causando desmanes y destrozos por su paso; y que ahora, ya eran imitados por simpatizantes en varias ciudades del país. Todo esto que hacían, lo hacían con la intención y principal objetivo de que lo volvieran a reinstalar y reconocieran como líder absoluto del sindicato, echando para atrás también el decreto de la extinción del sindicato. El tráfico se paralizaba, las personas llegarían tarde a sus trabajos, había una cantidad de horas-hombre perdidas, y las empresas sufrirían en su producción y organización por todo el caos que era producto de todas las demostraciones que se hacían.

Teto tuvo que hacer un viaje especial a Vietnam para encontrar, asegurar, y proveerse del veneno especial que usaría para las acciones que pretendía y los efectos que necesitaba. El había hecho muchos contactos y amistades en ese país y en todos los que había visitado, cuando desempeñaba su servicio militar. Un estimado y buen amigo Vietnamita, era el Sr. Vign Moon que vivía en Saigón, y se avocó a buscarlo. Lo encontró en el mismo lugar en dónde lo había conocido por primera vez: la tienda de antigüedades que era su negocio en el centro de la ciudad. Él le dijo al Sr. Moon, que cuando había regresado a la casa de su madre en el campo cerca de Pueblo Nuevo en México, la había encontrado infestada de ratas y ratones y que ya no hallaba la puerta para exterminarlos. Le dijo que en esta ocasión había venido a un viaje de placer a Vietnam para recordar viejos tiempos y se acordó de su buen amigo el Sr. Vign y quería darse un tiempo para visitarlo y saludarlo y ver la posibilidad de que lo ayudara a conseguir un potente veneno que no dejara rastro, para aniquilar a todos los animales y bichos dañinos de la casa de su mamá; puesto que él sabía de todos los conocimientos que sobre el tema, el Sr. Moon tenía al respecto. Usó todo este cuento para que no hubiera ninguna suspicacia o problemas futuros de sospecha; además, no quería dejar ninguna huella que lo involucrara, si en un futuro llegara a haber una investigación sobre hechos consumados. Se sentía seguro, ya que el veneno no dejaba ninguna huella; pero como quiera, no quería dejar rastros o cola que le fueran a pisar posteriormente. El Sr. Moon, no dudó de su buen amigo y fue a buscar el veneno más potente que pudo encontrar, sin hacerle ninguna pregunta a su amigo.

Le tomó al Vign solamente medio día, o más bien un par de horas para conseguir el veneno para su amigo Teto. Ahora Teto tenía que encontrar también la forma más segura para enviarlo a México a un lugar igualmente seguro, para no despertar sospechas. El envió el paquete en un vaso funerario especial, diciendo que contenían las cenizas de un buen amigo Vietnamita que había pasado la mayor parte de su juventud viviendo a orillas del Lago de Chapala, cerca de la ciudad de Guadalajara y que su amigo quería que al morir sus cenizas de lo que fueron sus restos mortales, fueran esparcidas a mitad del lago. Remitió el vaso funerario a la pequeña ciudad de Ocotlán, cerca del lago, con las indicaciones pertinentes de que una persona iría a recogerlo personalmente. El sabía que en ese pueblito no harían preguntas impertinentes sobre el envío y tampoco, ni él ni ellos, darían mayores explicaciones.

Teto había tomado la precaución de haber comprado dos vasos funerarios exactamente iguales, uno para el veneno y otro vacío que se llevó personalmente, a su regreso a México. Se puso en contacto con un buen amigo de Guadalajara para ir a recoger el vaso con las cenizas de su amigo Vietnamita, y le platicó a su amigo lo que el vaso contenía, y que si su amigo quería, lo podía acompañar al Lago de Chapala para verter las cenizas en la mitad del lago. Su amigo le dijo que no estaba interesado de acompañarlo a hacer ese tipo de menesteres; pero que, como Teto no tenía carro, él le podía prestar el suyo para que hiciera lo que necesitaba hacer y así, poder cumplir con los últimos deseos de su amigo Vietnamita. Con un carro ahora, Teto colocó el vaso con el veneno en un lugar seguro y llenó el otro vaso que había comprado con cenizas de madera, rentó un bote y utilizó los remos para remar hasta la mitad del lago y volcó las cenizas en el agua, como supuestamente su amigo Vietnamita le había solicitado en como su última voluntad. Le regresó el carro prestado a su amigo y después de lavarlo meticulosamente, le regaló el vaso funerario como memento a su *amigo. El otro vaso con el veneno, se lo llevo en carro a la ciudad de México al apartamiento que había rentado para vivir en área de Polanco.*

Mientras estuvo Teto en el servicio militar, ahorró todos sus cheques de sueldo, ya que le pagaban todos sus viáticos; además, las compensaciones especiales en especie de sus expediciones y trabajos especiales realizados; y por lo tanto, había amasado una pequeña fortuna, toda ella en dólares Americanos. Los había colocado en tres cajas de seguridad diferentes en el Banco de México del área de Polanco. También había tomado la precaución de rentar una caja a la vez siempre llevando papeles y documentos para que la gente del banco no se diera cuenta lo que él iba a colocar dentro de la caja; además, de las ocasiones en que fuera a transferir el dinero que en ellas tenía. También había abierto una cuenta de cheques y de ahorros con suficiente dinero para darles al personal y oficiales del banco la idea y el conocimiento de que tenía los suficientes medios económicos para que se le diera el trato y la atención especial y preferencial que él necesitara, para cuando solicitara su ayuda para cualquier movimiento requerido. Además, de todo esto, tenía una cuenta financiera en dólares, y que solo sus intereses, le daban el suficiente dinero para tener una vida holgada y sin problemas económicos.

La siguiente acción de Teto era la planeación de la extinción de la vida del líder sindical. Tenía que diseñar un plan que no levantara suspicacias y/o sospechas de que la muerte de esta persona, no se hubiera debido a los problemas, manifestaciones y acciones que él hacía, y que ésta se debía solamente a casusas naturales. Tenía que hacerse de alguna forma que no lo fueran a hacer un mártir de su movimiento y de haber sido muerto por las acciones que su causa sostenía en contra del gobierno y de que había protagonizado y organizado todo tipo de desmanes y acciones de guerrilla y de matazones de personas inocentes que ni siquiera eran reportadas, ni por la policía ni por la prensa.

El tomó la decisión de que su acción se llevaría a cabo en una de las reuniones multitudinarias que, este individuo en particular, instigaba. Así, Teto esperó por el tiempo exacto y la reunión correcta, que debería de ser lo suficiente tumultuosa para que nadie percibiera el pequeño y casi invisible rasguño que le infligiría en alguna parte del cuerpo del conflictivo líder sindical. La penetración del rasguño no tenía que ser muy profunda, en realidad, solo superficial, para que en los exámenes post-muerte ni siquiera se dieran cuenta del mismo y/o que algo sospechoso había causado el deceso. Con el paso del tiempo, la oportunidad llegó y se presentó ideal para que Teto llevara a cabo la acción planeada. La reunión iba a ser en el Zócalo, plaza principal de la ciudad de México; ésta resultó muy tumultuosa y tormentosa, ya que el líder en cuestión estaba planeando una insurrección armada contra el gobierno, según se lo había comentado a sus más íntimos allegados. El resultado de la reunión, fue que todos se pusieron muy beligerantes; nada ni nadie los podía aplacar. El líder, por el contrario, no quería que lo culparan de ser el causante y responsable por todos los desmanes que estaban sucediendo, tales como: golpeos a gente inocente, destrucción de propiedad ajena, incendio de vehículos, etc., etc. Y por lo tanto, había empujones y tirones, especialmente cerca y alrededor del líder sindical, de toda la gente que quería estar muy pegada a él. Este, en su rapidez de salirse del tumulto y de la multitud, pasó cerca de Teto. Eso era lo que él esperaba y el momento preciso para llevar a cabo lo que tenía planeado y le propinó al líder un pequeñísimo rasguño en el centro de la parte posterior de su mano derecha con un fino instrumento parecido a una aguja que había sido anteriormente llenado con la solución del veneno que para el caso había preparado. De esa forma, evitaría que toda investigación posterior no proporcionara ningún indicio de que algo raro, o fuera de lo normal, hubiere pasado para causar su muerte.

Debido a que el veneno no actuaba inmediatamente, éste, tardaría de ocho a doce horas después de penetrar el cuerpo de una persona para que actuara. Esta era otra de las grandes características del veneno; dado que si actuaba inmediatamente, habría peligro de que la persona que infligió el rasguño fuera descubierta y aprendida, y por lo tanto, causando serios problemas de todos tipos. Pero para la grata sorpresa de Teto, el líder ni sintió o ssiquiera sospechó lo que había pasado. Como estaba muy excitado por lo que estaba pasando en la reunión, tampoco se dio cuenta de la persona o personas que pasaban cerca de él, puesto que la gente estaba tan acalorada y excitada que enmascararon la acción de Teto. Todo había resultado a pedir de boca.

Habiendo logrado lo que había programado hacer, Teto caminó desde el Zócalo hasta su apartamiento en Polanco, apreciando la estampa cotidiana que le presentaba la Avenida Reforma en todo su colorido; así como, los aparadores de las tiendas que pasaba, hasta que llegó al edificio donde se encontraba su casa. Se tomó especial cuidado de quitarse toda la parafernalia del disfraz que se había confeccionado para el caso, tirándolos en un bote de basura apartado de la vista de paseantes y que estaba bastante retirado de donde se localizaba su departamento. Se duchó, vistió, y salió al área de hoteles, donde había un gran número de restaurantes. Entró en uno que tenía comida Japonesa, puesto que le gustaba mucho el sashimi y el sushi Japonés, ordenando un plato surtido de ambos para celebrar ésta ocasión especial. A las ocho y media de la noche pagó su cuenta y empezó a caminar de regreso a su apartamiento. Decidió ver un programa de televisión que le gustaba y dormirse posteriormente. Cuando se despertó al día siguiente a las seis de la mañana, prendió la televisión, aún antes de ir a recoger el periódico que le entregaban en su puerta, y cuando lo iba a abrir, el anunciador de la televisión estaba reportando que el presunto líder del extinto sindicato de Luz había fallecido cuando estaba dormido de un ataque al corazón. Decía que nadie sabía que esta persona hubiere tenido problemas con su corazón, y que iban a llevarse a cabo indagaciones exhaustivas del cuerpo del líder para ver si no había nada que indicara que algo malo y/o alguien le habían causado su muerte. Así que, eso era todo lo que había para informar, por el momento.

Después de que todas las broncas que causó la muerte del líder sindical de la extinta empresa de luz, todo su movimiento se fue apagando poco a poco. Algunos de los lidercillos y seguidores del líder quisieron tomar las riendas del movimiento, pero nadie tenía ni los contactos ni el respaldo con los que contaba el líder fallecido; por lo tanto, el movimiento empezó a decaer y a extinguirse por sí solo, después de la muerte del líder. De esa forma, se terminaron de cuajo todos los problemas que constantemente estaban siendo causados por el líder con su pertinente actitud, demostraciones, y movimiento sin sentido.

Todo mundo estaba triste por la muerte del líder; hasta el Presidente de la República se presentó en un programa televisivo exaltando el coraje y fuerza de voluntad, que aunque considerado fuera de la ley, había demostrado y desplegado para revocar el decreto de la extinción de de la empresa de luz y su sindicato, y del cual en una época, había sido su indiscutible líder. El Presidente fue corto y parco en su comunicación. Después de esto, todo lo que había representado éste líder conflictivo, se extinguió tal y como lo había sido la empresa y el sindicato. Teto se sintió muy complacido de que había ayudado a su Presidente y al su país, desterrando y/o desapareciendo las situaciones problemáticas que anteriormente se presentaban con el erróneo movimiento y proceder del líder sindical.

CAPITULO TRECE –
Eliminación de individuos problemáticos.

Desayunando en su apartamiento, Teto pensaba y trataba de decidir cuál sería su siguiente paso, ahora que ya había empezado a trabajar por sí mismo en hacer el bien por México y que no iba a parar de tomar acción y/o hacer cosas por el bien del país, usando cualquier medio que pudiera o fuera necesario para seguir adelante con lo que ya había empezado, ó en su caso, morir en su intento y esfuerzo.

Vamos a ver, pensó. ¿Quién es el personaje más ácido y controvertido, no solamente en el recinto legislativo de los diputados, sino también en el senado?. Ese individuo que siempre bloquea o hace todo lo que puede para parar iniciativas presentadas por los representantes de otros partidos o del mismo Presidente que hayan sido para el mejoramiento del gobierno o para hacer más ágil el funcionamiento del sistema burocrático, de las Secretarías, del sistema productivo o empresarial, o que promoviera la trasparencia del manejo de los dineros otorgados a los estados y a los sindicatos, o de cualquier otra cosa que promoviera y sacara al país de los impedimentos de cambiar para mejorar?

Teto tenía que encontrar esa persona o personas que solo velaban por sus propios intereses y/o por el beneficio de su partido, en lugar de buscar el beneficio de la gente y sus gobernados o cuando menos, para el beneficio de México. No tuvo que esforzarse mucho, ni le tomó demasiado tiempo este cometido en particular, dado que había cuando menos dos personas en el recinto de los diputados y también otros dos en el senado, los cuales eran los individuos más nefastos, controversiales, y conflictivos. Estas cuatro personas eran muy fácilmente identificables y él tenía que encontrar la forma correcta y adecuada, así como, el momento más propicio para llevar a cabo lo que se proponía hacer con las acciones que eran su especialidad y que él hacía muy bien.

El momento adecuado, y la mejor forma de hacer lo que había pensado, se le presentó en una celebración del sector del ala izquierda del gobierno que tendría como asistentes a las más reconocidas figuras políticas de extrema izquierda. Esta celebración se llevaría a cabo en un salón de conferencias que se había separado y montado con suficientes mesas y lugares para acomodar a toda la gente que iba a asistir al evento. Esta era una celebración muy particular y para que la gente no confundiera los lugares donde deberían sentarse, cerca de sus propias organizaciones y en el total compendio del movimiento izquierdista, los lugares fueron asignados con el nombre exacto en una tarjeta, para que la persona se sentara y ocupara el lugar y donde fuera reconocido dentro de su nivel en el movimiento de izquierda. Se les dijo que por ningún motivo y bajo ninguna circunstancia cambiaran sus lugares asignados, ya que los lugares habían sido asignados por los más altos funcionarios que dirigían y estaban dirigiendo actualmente la organización y su movimiento.

Teto decidió que también debía desaparecer al líder de extrema izquierda que había causado tantos problemas con sus manifestaciones, bloqueos, y campamentos que había establecido en una de las arterias principales de ciudad de México, la Avenida Reforma. Esto lo hizo, justificándose según él, porque no reconoció ni aceptó que el actual Presidente se hubiere proclamado ganador de la contienda electoral en una de las votaciones más cerradas de la historia del país. Pero Teto decidió que cinco personas a un mismo tiempo, levantaría un sinnúmero de sospechas y preguntas que causarían una gran controversia en el, de por sí, emproblemado país, para el gobierno, y para la misma presidencia. Por lo tanto, se avocó a desparecer de éste mundo al líder primero, y a los dos más problemáticos y controvertidos políticos del poder legislativo. Aunque la muerte de tres gentes prominentes de la política del país causaría investigaciones, especulación, y sospechas de que algo podrido y fétido podría haber sido la causa de tales decesos. O que alguna otra razón, por ahora escondida sin poder aclararse, o que también pudiera especularse, por los sucesos ocurridos que hayan causado dichas muertes. Para evitar cualquier asegún, le daría diferentes dosis de veneno a cada uno de los individuos para que sus muertes fueran bastante separadas una de la otra y a diferente hora; dando así una razón más plausible, para que la especulación se fuera dirigiendo por el lado de que las tres muertes se debieron a causas naturales.

En todo el peregrinar de Teto en su servicio militar con los Marines, se había vuelto un experto en disfrazarse a sí mismo con diferentes e innumerables disfraces; así como, el cambiar la apariencia de su cara. Esto lo hacía, para no ser reconocido por nadie, aunque estuvieran cara a cara platicando a menos de un pie de distancia su interlocutor. Por lo tanto, decidió que sería uno de los meseros que atenderían la celebración que el movimiento izquierdista del país, iba a llevar a cabo. Falsificó documentos de la compañía que iba a proveer a los meseros para trabajar en el evento y de esa forma tomó el lugar de uno de ellos. Dado que era un evento muy importante y que asistirían los principales líderes de izquierda y que estos se sentarían en el presídium y que el grupo numeroso de seguidores serían acomodados en todos los demás lugares que no fueran asignados previamente, Teto no tuvo problemas o confusión alguna en localizar los asientos de las personas a las que iba a envenenar, ni tampoco tuvo problemas para mezclarse y confundirse con los otros meseros que servirían a los invitados a dicho evento.

Teto ya había conseguido un gotero especialmente diseñado para poner la cantidad correspondiente en cada uno de los vasos de agua, bebida, comida u otra cosa que el comensal fuera a ingerir. La cantidad más grande de veneno se la colocó al líder insurrecto y controvertido. Un término medio de volumen al líder del Senado; y la cantidad menor, al problemático líder de los diputados. Nada falló y todo salió muy bien. El líder controvertido e insurrecto murió una hora después del evento. El líder del Senado murió diez horas después y el problemático líder de los diputados, veintiséis horas después de que el evento había terminado.

Hubo mucha conmoción por la muerte del líder insurrecto; más conmoción y declaraciones con la muerte del líder del Senado; y cuando el problemático líder de los diputados murió, hubo muchos políticos y gente de dentro y fuera del gobierno que gritaron "faul". Que estas muertes habían sido causadas por el gobierno en turno y/o instigadas por y con personas muy allegadas a él. O a lo mejor fueron causadas por gente del sector industrial, por otros disidentes, por algún loco desquiciado, o por alguien solo quería causar problemas a todo el movimiento izquierdista del país. Que era imposible que tres líderes tan reconocidos y políticos influyentes del ala de la izquierda murieran tan cerca uno del otro. Muchas preguntas surgieron, pero nada, nada, nada, se encontró. Se autopsiaron los tres cuerpos profunda y concienzudamente, sin que se encontrara nada malo con respecto a sustancias que hubieran sido las causantes de las muertes. Todas las investigaciones fueron exhaustivas. Iba a ser un imposible poder remplazar a figuras políticas tan identificadas con el movimiento de izquierda. Pero en todas las indagaciones llevadas a cabo, nunca se encontró nada, dictaminándose que habían sido muertes por casusas naturales. Se especuló que probablemente por las vidas dispendiosas, indisciplinadas y displicentes de los involucrados, hubiere sido la causa de la debilidad de sus corazones y problemas de circulación; ya que esas fueron las causas dictaminadas por los médicos legistas y las causantes de sus prematuras muertes. Muchos meses pasaron tratando de encontrar algo malo con las muertes de los políticos de izquierda, puesto que ocupaban las más altas posiciones de jerarquía en la izquierda del país y que serían irremplazables. Toda la gente de esa facción que quedó viva y en los altos puestos del movimiento, nunca se convenció de que las muertes de los tres políticos, habían sido por causas naturales. Pero como todo en este país, las investigaciones se fueron apagando y extendiendo a semanas y meses, y hasta en el futuro, años; pero nunca se encontró nada que indicara que las muertes habían sido causadas por otra cosa que no fuera por muerte natural, eliminando la posibilidad de que los hubieran matado grupos contrarios, haciéndolo para coartar las posibilidades que pudieran haber tenido en elecciones gubernamentales futuras.

CAPITULO CATORCE –
Invitación a amigo; planes y estrategias.

Teto, en sus años mozos, tuvo un amigo que lo consideraba como su propio hermano. El se llamaba Juan Elizondo. Juanito, como él solía llamarlo, se volvió multimillonario con inventos que desarrolló como ingeniero independiente y hasta, con varios de ellos, revolucionó la industria petrolera. Cuando estudiaba en los Estados Unidos, le otorgaron una beca debido a las altísimas calificaciones que jamás alguien había logrado obtener en high school. La beca era para una de las más prestigiadas universidades de la Unión Americana, el Massachusetts Institute of Technology. Juan aprovecho la oportunidad que le ofrecieron con la beca otorgada por el gobierno Americano y obtuvo el título de Ingeniero en Tecnología, Suma Cum Laude. Posteriormente siguió estudiando y obtuvo otro título de Ciencias Políticas, en el cual estaba muy interesado. Juanito era muy inteligente, casi un súper genio y de una mentalidad muy ágil, y muy organizado en todas sus cosas; no solamente personales, sino también en todo lo que hacía profesionalmente con sus dos amadas carreras de estudios.

Teto y Juanito, siguieron ambos siempre en contacto estrecho con el pasar de los años. Uno, constantemente leyendo y familiarizándose con los logros del otro, y la contraparte, haciendo igualmente lo mismo. Hablaban por teléfono en innumerables ocasiones y casi continuamente, siempre usando sus claves personales, para que no fueran entendidos por alguien que estuviera escuchando sus conversaciones. Discutieron muchos y muy diferentes tópicos y las actualidades del mundo en general. Pero ambos estaban sumamente interesados en que México llegara a ser uno de los países que liderara el mundo, no solamente en lo económico y financiero, sino mucho más importante, en la de contar con una administración política exitosa de todos sus recurso naturales y humanos y por promover el mejoramiento de todas las condiciones de vida de sus ciudadanos y habitantes de todo el país. Por lo tanto, Teto, decidió ponerse personalmente en contacto con Juanito y confiarle lo que estaba haciendo a la fecha y tratar de convencerlo de unirse a él para empezar despacito, poco a poco, muy por debajo de la mesa, con un perfil que no llamara la atención, una campaña política como candidato independiente y poder competir por la Presidencia del país en las próximas elecciones. Teto le dijo que él haría todo lo que estuviera de su parte para quitarle todas las piedritas y piedrotas, que como impedimento se le presentaran y se pusieran en el camino elegido por ellos para cambiar el futuro del país y de todas las administraciones y gobiernos venideros. Juanito tendría que competir por México y llevarlo a la sublime cima, como uno de los más grandes líderes, si no el mejor, de los tres primeros países del mundo. Le dijo a Juanito que no iba a ser una tarea fácil, y que iban a encontrar muchos problemas y obstáculos, pero que viendo hacia el futuro promisorio, esto le daría a México la excelencia. Que todos los riesgos se deberían asumir y tomar con la más alta confianza que con lo que estaban haciendo e iban a hacer, lograrían lo que se estaban proponiendo y considerando llevar a cabo. Que la premisa que deberían de tener siempre presente era de que "lograrían el éxito, o morir en su intento por lograrlo".

Se juntaron esa primera vez en el apartamiento de Polanco. Ordenaron que les trajeran comida Japonesa acompañada con su respectivo té Japonés, ya que no querían tener una comida pesada, dado que tenían que estar muy despiertos y alerta para asimilar todos los proyectos, planes, problemas, situaciones y trabajo que tendrían que hacer o resolver cada uno, para lograr el éxito de su encomienda y para lograr lo que contemplaban hacer, hasta llevarlo a un final completo y feliz para el mejoramiento de México y toda su gente.

Juanito le dijo a Teto, que para tener éxito en su casi imposible proyecto y deseo de mejorar cuestiones de gobierno, sus políticos, y de todo el país en general, necesitaban forzosamente que eliminar totalmente como parásitos venenosos a todos los individuos que eran responsables de obstruir a la gente o al Presidente en funciones, en los esfuerzos que realizaban para guiar a México al estado futuro en el que ellos mismos deseaban colocar al país. Palabras muy fuertes y acciones peligrosas, pero muy, muy ciertas. No había otra alternativa. Toda esa gente que impedían el progreso del país tenían que llegar a la conclusión que se "aclimataban o se aclichingaban", no había otro camino. Había solo una sopa que comer y si no lo veían así, tenían que ser eliminados, desaparecidos, ó borrados de la faz de la tierra sin ninguna contemplación ni consideración para ninguno de ellos. Todas estas acciones y proyectos tenían que tener una continuación y seguimiento sin contemplaciones ni miramientos, hasta que todo mundo comprendiera que México, su gobierno, su personal burocrático, sus políticos, sus instituciones, su industria, sus industriales y todos sus ciudadanos en general, tenían que cambiar y dar un giro de 180 grados para que el país progresara y llegara a su destino y meta final.

Juan Elizondo y Teto Ramz terminaron totalmente exhaustos, secos de energía y cansados por todos los análisis y discusiones que tuvieron y de los planes de lo que se tendría que hacer en el futuro. No tenían mucho tiempo, un poco más de cuatro años, para lograr lo que se habían propuesto realizar. Se podía seguir llevando a cabo, ahora y después de las elecciones, la eliminación y/o desaparición de todos los individuos, elementos y parásitos indeseables y corruptos. Y Juan, tendría que hacer mucha campaña y mucha organización en todo el país, para que su candidatura no fuera bloqueada y/o impedida por los partidos políticos que en la actualidad estaban en el poder.

El cambio de la ley en años anteriores, otorgó la oportunidad a cualquier ciudadano que esté calificado, de postularse como candidato independiente para la presidencia del país, sin tener que ser éste respaldado o representado por algún partido político. Juan tenía que hacer muchas cosas por el beneficio del país y sus ciudadanos para que lo empezaran a ver como un posible candidato y líder, que lucharía realmente por su beneficio como ciudadanos de México y sin ningún otro motivo personal, más que el más puro deseo de servir bien a su país y para lograr el beneficio de todos sus ciudadanos, como objetivo primordial. Esto era la siempre "cacareada" promesa de todos y cada uno de los políticos y candidatos de elecciones pasadas, que después de ser elegidos, se olvidaban totalmente de las promesas que habían hecho con anterioridad en campaña y solo buscaban su beneficio personal o el de su partido político. Juan debía de organizar cosas y lograr hechos que grabaran su cara, su personalidad, y su carisma en las mentes del electorado, y en general, en las mentes de toda la gente del país. Tenía que ser reconocido por todo mundo, para que todo mundo en el país, lo respaldara cuando el tiempo de elecciones se presentara. Juan Elizondo tenía que ganar las elecciones barriendo totalmente a los contrincantes y opositores por medio de la votación de la gente, y que le diera a él un mínimo de ocho de cada diez votos sufragados. Dado que había amasado una grandiosa y cuantiosa fortuna en su vida profesional y de negocios, usaría ésta para invertir la mayoría, si no es que toda, estableciendo industrias, compañías y negocios que le diera a la gente de México una forma decente para procuras su suficiencia y subsistencia económica y su satisfacción; no solamente en su vida personal, sino también como trabajadores productivos que se sientan que están haciendo algo por la mejoría del país. La premisa sería: entre más trabajo produjera una persona, mayor pago obtendría por su esfuerzo y dedicación. Esto provocaría un mejoramiento de su economía personal y en su vida, no solo como individuos, sino también como ciudadanos del país. Todos los sindicatos se eliminarían, sus líderes corridos o echados fuera. Y si no querían ver la nueva forma de hacer y manejar las cosas y asumir la responsabilidad hacia la gente, sus representados, serían desaparecidos como las alimañas chupa sangre que eran. Este movimiento empezaría con una superación y mejora de la clase trabajadora en todo el país.

Juan Elizondo tuvo que hacer mucha investigación sobre las mentes y corazones de la gente que reclutaría para el tremendo trabajo que tenía delante de sí. La gente elegida debería tener la misma forma de pensar que él y también sus atributos, tales como: honestidad, ser justos, trabajar duro, hacer y lograr lo que sea bueno y correcto para todo mundo y para el país, etc. etc. Este trabajo que él tenía que hacer, constituyó uno de los más difíciles que haya realizado. Le tomó casi tres meses de trabajo diario, siete días a la semana, treinta días al mes; pero al final, contaba con un grupo de hombres y mujeres que darían la vida por él en el esfuerzo que en el futuro iban a tener que hacer para lograr los objetivos trazados. Estas desinteresadas personas eran cincuenta y tres y su primer trabajo iba a ser el de trabajar muy de cerca con Juan para ir cimentando las bases de su trabajo posterior. Juan estaba muy orgulloso del trabajo que había realizado en la selección de todas estas personas, ya que iban a trabajar muy de cerca con él en todos los proyectos futuros. Todos tenían cualidades especiales que los colocaban aparte y destinados especialmente para ciertos tipos de trabajo que el Grupo-JE, los pondría a realizar. En la junta final de los cincuenta y tres, el nombre fue escogido como "Grupo-JE" porque tenía las iniciales de la persona que iba a ser su líder y mentor en todos sus desempeños y proyectos futuros.

La primera de todas las compañías y negocios que Juan Elizondo estableció fue una de producción de carne y productos relacionados. Y su premisa era de que toda la gente, hombres y mujeres que serían contratados como trabajadores de la misma, deberían de tener como mínimo, cincuenta o más años de vida cumplidos, aunque el administrador de la planta y sus supervisores serían jóvenes de menos de treinta años. La ventaja principal era que el administrador poseía una empatía excepcional por la gente mayor, con la que los hizo sentirse necesitados y productivos a su más de medio siglo de edad. Por lo tanto, la cultura de la compañía, eficiencia, efectividad, productividad, su vida social, y el bienestar de todos los empleados, era del más alto nivel. A todos les encantaba trabajar para la compañía y su administrador. Todos los supervisores de las líneas de producción fueron seleccionados de los trabajadores mismos, después que adquirieron experiencia, remplazando a los jóvenes que en un principio hacían esa tarea y que posteriormente se re-integraban a otras empresas del Sr. Elizondo. El trabajo de supervisión era el de solo proveer lo que los trabajadores requerían para desempeñar correcta y eficientemente su trabajo. Si algún problema surgía, ellos mismos eran los responsables, con sus propios trabajadores de línea, solucionarlo. Todos trabajaban para todos y para la empresa, para lograr los objetivos que se habían trazado. Lo chistoso era que siempre sobrepasaban sus objetivos y metas de producción; además de todas aquellas metas que ellos mismos se ponían, superándolas siempre. Todos los bienes que eran producidos en esta empresa en particular, eran vendidos en tiendas que pertenecían y habían sido fundadas por el Grupo-JE. Los precios eran los más bajos del mercado y el margen de beneficio por su venta era solo el que se necesitaba para seguir operando y teniendo dinero para comprar los insumos de materia prima que requerían para continuar la producción. El salario de los trabajadores era el más alto en comparación a los que se pagaban en otras empresas del mismo giro. Por lo tanto, la satisfacción de los trabajadores era muy alta y nunca había amenazas de trabajadores que no querían hacer el trabajo de su puesto; al contrario, algunos venían a trabajar aún estando enfermos. El administrador tuvo que instalar una enfermería bien surtida en la empresa para atender a todos los trabajadores de la misma; de esa forma, ellos no tenían que ir a otra parte para que los trataran o los atendieran en sus enfermedades. La mayor satisfacción de los trabajadores era: que se sentían realizados y productivos en su avanzada edad y de que podían devengar el suficiente salario para sufragar los gastos requeridos de vivienda, comida, ropa, diversiones, etc. etc. Estas eran bases primordiales de todas las compañías y negocios que Juan Elizondo empezó a fundar, principalmente en las partes del país donde eran más necesitadas; y de esa forma, la gente que vivía en esas comunidades empezaron a progresar, poco a poco, desde ser unos poblados pobres y desolados, al nivel de que ahora podían presumir y vivir sin pobreza y con un mucho mejor estándar de vida.

Para las generaciones jóvenes de hombres y mujeres, Juan Elizondo estableció negocios y compañías que se enfocaban hacia los últimos y más nuevos descubrimientos tecnológicos que despertarían y alentarían sus vívidas mentes e imaginación para el desarrollo de nuevas cosas, artefactos, productos, etc., que beneficiaran y ayudaran a la gente de todos los niveles, desde niñitos pequeños, jóvenes, adultos y gente mayor y de generaciones pasadas que buscan el placer, relajamiento, y disfrute en éstos y en su vida . El mismo arreglo y organización se utilizó al igual que el primer negocio que Juan empezó. Lo único que los diferenciaba, era que estos negocios eran administrados por gente mayor de cincuenta años, que también tenían una gran empatía por las generaciones jóvenes que trabajaban en ellos y con la experiencia lograda en sus años de vida, los ayudaban a todos a que salieran adelante. Estos negocios y compañías eran un poco más difíciles de administrar porque los jóvenes siempre buscaban y demandaban lograr un mejor trabajo, mejores salarios, mejores arreglos, mejores condiciones, mejores y más beneficios, etc. Esta era una de las razones que dichas compañías fueran administradas por gente mucho mayor, que tenían la experiencia y conocimientos de cómo manejar todas estas demandas de los jóvenes. Las cosas a veces se tornaban álgidas, pero con el manejo experto de sus administradores mayores, era raro que se presentara en alguna compañía un problema que no pudieran resolver entre ellos mismos y salir adelante. Debido a que todos los administradores y trabajadores de las compañías establecidas eran única y solamente los responsables de resolver los problemas dentro de su propia compañía y encontrar las soluciones entre ellos mismos, nunca acudían a gente extraña a la empresa para que los ayudaran a solucionar dichas situaciones. Esto propiciaba un ambiente laboral muy cordial en todas estas empresas y con todos sus trabajadores. Los administradores y trabajadores, estaban satisfechos y complacidos de haber llegado a solucionar las situaciones escabrosas que se presentaban en su empresa en particular, trabajando siempre como un grupo unido y congruente para el beneficio total.

Juan Elizondo se hizo la promesa de visitar todas y cada una de sus empresas cuando menos seis veces en el año en curso, o más, si era necesario. Esto era bastante difícil de cumplirse, debido a sus otras múltiples obligaciones, pero siempre organizaba sus viajes de tal manera que podía visitar por cuando menos una hora, todas y cada planta en una área. Su presencia siempre era muy bienvenida y apreciada, porque siempre aplaudía y reconocía los logros que cada empresa y los logros que sus trabajadores habían alcanzado. Tenía una tremenda y excelente retención de memoria, y podía recordar los nombres de todos los trabajadores que laboraban en sus plantas y empresas; siempre llamaba a sus colaboradores cercanos en cada empresa por su primer nombre y apellido. Toda la gente y sus trabajadores se sorprendían por este atributo y aptitud que Juan poseía.

Un año y medio había pasado desde el encuentro de Teto y Juan en su apartamiento de Polanco. Juan tenía ahora ciento seis plantas y negocios que estaban distribuidos en todo México, situados principalmente, como se había dicho antes, en las áreas y comunidades que requerían de una mayor ayuda y soporte para su desarrollo ó que estaban en un estado de pobreza extrema. Ahora, dichas comunidades florecían en su desarrollo y eran económicamente exitosas, y la gente que en ellas vivía, estaba muy satisfecha y feliz. Ellos consideraban que había sido ésta, la primera vez en sus vidas, que ni siquiera habían pensado en el pedir al gobierno algo de ayuda, y mucho menos dinero para resolver sus problemas. No había crímenes en ellas, y las casas de los habitantes de dichas comunidades, empezaron a abrir sus puertas en la noche, sentados en sus mecedoras en las galerías y en las banquetas, disfrutando la brisa nocturna que a esas horas soplaba, como antes, sus abuelos lo habían hecho. Todos empezaban a reconocer al señor Juan Elizondo, aun que éste siempre presentaba un perfil muy bajo. La gente sabía quién era el responsable de su, ahora, bienestar y progreso económico en sus vidas. Ya para estas fechas todos los otros industriales y dueños de negocios y empresas de México, empezaban a poner atención al éxito que las empresas de Juan Elizondo y del Grupo-JE, estaban teniendo. Las empresas no estaban teniendo súper altos rendimientos, pero todas ellas, sin excepción, eran muy rentables. Nunca tenían problemas con algún trabajador o con algún sindicato. Las producciones de todas las compañías eran las más altas jamás logradas en todos sus giros, tan disímiles y de tantas y tan variadas y diferentes empresas. También empezaron a notar que todos ellos eran felices en ellas, y que esto se reflejaba en las comunidades en las que alguna de estas empresas estaba establecida. Por lo tanto, empezaron a mirar hacia las administraciones y arreglos que Juan tenía con la gente que laboraba en ellas. El punto principal de congruencia que encontraron fue de que: la gente era tratada como personas individuales y no solamente un número o como individuos que eran empujados y castigados para producir cualesquier producto que se produjere en ese negocio o planta. Encontraron que los salarios pagados eran justos y suficientes para que la gente pudiera vivir bien con lo que devengaban con él; que los trabajadores eran proporcionados con préstamos para mejorar o adquirir sus propias casas; que tenían hospitales y dispensarios que los curaban cuando enfermaban; que los márgenes de la empresa de la venta de los productos que eran producidos por ellos, eran tales que solo les proporcionaba un margen justo y que proveían los insumos básicos que eran necesarios para continuar el trabajo y producción de la empresa; todos los sobrantes eran distribuidos equitativamente entre los empleados.

Todo esto era discutido en los altos mandos de los conglomerados industriales del mundo empresarial de México. ¿Quién era éste tipo? ¿Por qué estaba haciendo lo que hacía? ¿Qué era lo que trataba de lograr? Dado que todas las empresas de Juan Elizondo estaban localizadas en las partes del país más pobres y necesitadas de ayuda, ni él ni sus empresas, estaban en conflicto directo con ningún sector industrial de México. No lo percibían como una amenaza, ya que lo habían investigado profunda y concienzudamente; tampoco trataba de competir o quitarle su negocio a alguien; etc., etc., etc. El sector industrial de México estaba confundido y sorprendido de las cosas que sucedían con los negocios, empresas, y plantas de Juan Elizondo y su Grupo-JE. Ellos empezaban a comprender y a "caerles el veinte" de que debería de haber algo muy especial en la forma que Juan Elizondo administraba y manejaba sus negocios y plantas, y que ellos a la fecha, nunca habían logrado.

Juan era una persona de muy bajo perfil, nunca buscando los reflectores del gobierno de México ni de su mundo industrial. El solo estaba haciendo algo que el mundo industrial del país empezó a notar y que lo que él hacía, era bueno para México y para sus habitantes más desprotegidos y pobres. Empezaron también a ver que en todas las comunidades en que Juan Elizondo tenía un negocio o una planta, la comunidad se convertía en una comunidad modelo, no solo en su economía, sino también en la forma en que se gobernaban y administraban ellos mismos. Sus líderes y oficiales de gobierno eran totalmente incorruptibles, solo buscaban el bienestar para la gente que gobernaban. Casi no había fuerza policiaca en esas comunidades, y si era necesaria, era solamente para ayudar a la gente en la solución de sus problemas, siempre tratando de ayudar a todos y especialmente, a los visitantes que llegaban a la comunidad. Todos los habitantes de las comunidades se sentían muy orgullosos de lo que habían logrado y querían que también todos en el país se dieran cuenta del progreso que ellos habían logrado en sus comunidades. Empezaban a sentir y creer que todo el país debería de manejarse y administrarse de la misma forma. Pensaban que la pobreza cesaría de existir, y que todos los ciudadanos y sus comunidades se beneficiarían de este tipo de cambios. Así es que, poco a poco, la información empezó a propagarse en todo México y mucha gente empezó a poner una atención más estrecha y especial a los negocios, compañías y plantas de Juan Elizondo, y a la forma que estas estaban ayudando a los necesitados y a todos aquellos que estaban en la pobreza y olvidados por todo mundo; y para decir la verdad, esta gente también estaba totalmente olvidada de los gobiernos municipales, estatales y del mismo gobierno federal.

CAPITULO QUINCE –
Sigue eliminación de individuos indeseables.

Mientras todo esto estaba sucediendo y siendo organizado por Juan, Teto empezó a encontrar formas y métodos para desaparecer y/o borrar de la fase de la tierra todos aquellos individuos indeseables que estaban en las diferentes ramas y puestos gubernamentales; además de todos aquellos incrustados en los sindicatos que manejaban a casi toda la fuerza laboral de México. Tenía que encontrar el momento adecuado y la forma correcta de eliminarlos a todos, uno por uno, y de dos en dos, o más a la vez, si fuera posible, hasta terminar completamente y sin misericordia con ellos.

Con un disfraz con el cual nadie lo reconocería, mató con arma de fuego a dos de los más corruptos y pendencieros líderes sindicales que salían de una celebración y se encontraban muy borrachos. Lo hizo aparecer como si los hubieran robado y que los habían matado al resistirse a la persona que los robaba. Teto tenía una pistola nueve milímetros sin marca ni identificación Checoeslovaca con silenciador que no hacía ruido cuando era disparada. Los dos individuos venían abrazados en la banqueta haciendo eses al llegar a una calle lateral. Teto fingió que también andaba borracho y poco a poco se les acercó. Cuando estuvo muy cerca de ellos, les solicitó con una voz tarjartosa, que por favor le regalaran un cigarrillo, a lo que uno de ellos respondió: "Seguro mi cuate, aquí tienes uno" y empezó a buscar en la bolsa de su camisa, dejando a su compañero borracho y casi inconsciente reclinado en la pared de la calle. Teto, entonces, con la pistola en la mano, sin ser visto por el otro, le disparó, atravesándole el corazón y lo reclinó también en la pared de la calle, casi sentándolo como si se hubiera caído en el intento de sacar el cigarrillo. Entonces, Teto volteó hacia el otro individuo y también le disparó en el corazón. Se aseguró que ambos estuvieran completamente muertos y empezó a caminar como borracho hacia atrás donde pudiera seguir su camino sin que nadie tomara nota de él, hasta que llegó a donde había dejado su automóvil que estaba parado varias cuadras del lugar donde se celebraba la fiesta. Se subió en su coche sin que nadie lo notara y manejó a donde se quitó su disfraz y lo tiró en un basurero en la parte trasera de un almacén, olvidándose completamente de lo que había hecho unos pocos minutos antes. Al siguiente día, a cinco columnas de los periódicos más prestigiados de la capital, estaba la noticia de que dos de los más renombrados líderes de los sindicatos tales por cuales fueron muertos a balazos cuando salieron borrachos de una celebración que se llevaba a cabo en un bar en una de las secciones sur de la delegación Gustavo Madero. Se asumía, según los datos recabados por el ministerio público que tomó parte de los hechos, que al haberse resistido a ser asaltados, les dispararon, matándolos a ambos. Había también una larga historia de su vida y trayectoria dentro de sus respectivos sindicatos. Dos indeseables y negativos individuos que solo perjudicaban al país, fueron borrados del mapa.

Teto, se dedicó a buscar e identificar malos individuos que solo causaban problemas para el gobierno local, estatal y federal. Despacio, poco a poco, se avocó a borrar y desaparecer todos esos elementos e individuos negativos que eran un problema y una lacra para el país y sus gobiernos. Algunos fueron muertos en riñas, nunca identificando a los agresores; otros fueron solo encontrados muertos en calles obscuras y solitarias o cerca de los lugares que frecuentaban ya fuera para divertirse o para cometer algunas de sus fechorías o corruptelas como: robar y asaltar a la gente, demandar dinero o favores de otras personas, negocios, o solo a otra gente a las cuales estaban acostumbrados a demandarles derecho de piso por el solo hecho de llenar sus corruptos bolsillos. Siendo que esto continuaba día con día, especialmente en la capital, toda esa gente malandrina y perjudicial, empezaron a asustarse de que si continuaban con sus actos delictivos y actividades ilícitas e ilegales, iban a terminar en una alcantarilla muertos con su cuello cortado, con una bala en el corazón o en su cabeza, o solamente desaparecidos de la fase de la tierra, sin que nadie supiera nada de ellos, o solamente el haber desaparecido totalmente sin traza de lo que les hubiere pasado. Los ciudadanos normales que habitaban en esas secciones de la ciudad o lugares en donde la desaparición de esa gente malandrina y problemática que actuaba o tenía sus operaciones en esos lugares en el pasado, siendo algunos de ellos policías corruptos, empezaron a ver que la comunidad en donde vivían, cambiaba y que la gente era, ahora, más amigable. Empezaron a salir de noche a visitar amistades o parientes, a gozar su estancia en sus sillas en las banquetas frente a sus casas disfrutando la brisa de las frescas tardes bañadas por el sol poniente. Llegaba toda esta gente a la conclusión de que la ola criminal, corrupción, asaltos, pleitos, balaceras, robos de tiendas y autos, daños en propiedad ajena, etc. etc., etc. estaban desapareciendo o habían desaparecido completamente de su entorno. Hasta los policías que patrullaban las calles donde ellos habitaban, empezaron a ayudarlos en cualquier cosa o situación en que se les necesitaba o que se les pedía. El cambio para mejorar estaba sucediendo en sus comunidades y estaban muy felices de que así fuera, ahora ésta, su nueva forma de vida. Las familias empezaron a asistir a los parques con sus hijos pequeños, los mismos parques que fueron limpiados y remozados por el gobierno municipal o por la misma fuerza policiaca o por los mismos habitantes o vecinos del lugar. Todos empezaron a cooperar y ayudar a su comunidad y sus vecinos. Volvieron a encontrar el gozo de la vida comunitaria y empezaban a sentirse muy felices de que así fuera.

Teto no sabía ni le interesaba la cuenta tan grande de asesinatos, muertes, y desapariciones que él había instigado y/o llevado a cabo en todas estas comunidades para que pudieran tener y sostener la seguridad y disfrutar de su vida familiar dentro de sus casas y vecindades. El estaba satisfecho consigo mismo y de que lo que estaba haciendo: el que el eliminar a todos los indeseables, estaba bien. Nunca perdió sueño por estos hechos y estaba completamente seguro de que lo que estaba haciendo era por el bien del país y todos sus ciudadanos a todos los niveles de su vida. El iba a continuar en lo que estaba haciendo hasta que todos los ciudadanos llegaran a la conclusión que esto era el cambio, y que era el cambio para el bien. De que de ahora en adelante, todos tenían que hacer lo correcto para continuar en el camino del bien y llevar a México hacia su propia excelencia. La gente ahora estaba poniendo atención a todo lo que sucedía en sus vecindades y comunidades; y si veían o encontraban algo que estaba mal, se lo puntualizaban y hacían saber a las autoridades para que tomaran cartas en el asunto y fuera atendido y corregido. Y las autoridades estaban más que dispuestas a hacer las cosa correctamente para la gente; ya que habían encontrado que la misma gente los ayudaba a mejorar la comunidad misma, mejor y más rápido que de cualquiera otra forma. Llegaron también a la conclusión que la gente y todos los ciudadanos estaban más que dispuestos a ayudar a su gobierno y a las personas en él, a trabajar para la comunidad y para el bien de toda la gente que vivía dentro de dicha comunidad. A todos les sorprendía el cambio que estaba sucediendo. Toda la gente, gobierno, burócratas, dueños de negocios, etc., estaban tratando de hacer todo lo que estuviera de su parte para el bien de todos en general. La gente disfrutaba el hacer el bien a sus vecinos más que hacer algo para ellos mismos. Esto era muy contagioso. Toda la gente hacía de todo y hacían todas las cosas bien siempre y en todo lugar. La gente se sentía bien por lo que hacía, y aún mejor, ya que hacían las cosas queriendo, sin esperar recompensas o pago, para el bien de todos ellos y su comunidad y vecindad.

Toda vez que los malos e indeseables elementos desaparecieron, el cambio comenzó, y siguió por sí mismo; entre más se involucraba la gente, más se participaba para trabajar hacia la meta final que traería solo buenas cosas para todos y principalmente para su bienestar. Su actitud, su empatía, y su deseo de trabajar juntos para su propio bien, era algo que fue muy estimado y aceptado por todos. Eso era lo que estaba sucediendo y el cambio que estaba pasando, cambio que hacía que la gente trabajara junta como una unidad hasta que llegaran a la meta que se habían trazado. Teto, al principio era un poco escéptico, pero poco a poco él se percató que el cambio era real y también muy bueno y que la gente misma eran los que estaban logrando y llegando a establecer esta nueva forma de vida.

CAPITULO DIEZ Y SEIS –
Contra políticos corruptos; empiezan cambios.

Teto ahora, empezó a enfocarse hacia los políticos corruptos que solo lucraban con el puesto que ocupaban, agarrando y tomando todo lo que podían para su propio beneficio. Aquellos que trabajaban para obtener prerrogativas para ellos y su propio partido, sin tomar para nada en cuenta el bien de la gente. Todos esos políticos que entraban a la política para hacerse ricos y obtener poder, en lugar de trabajar para la gente que los había elegido y por el mejoramiento del estado de cosas y el bienestar de "Juan Pérez", ciudadano común y corriente, cualquiera que éste fuere. Todos esos políticos que nunca ponían atención a los gritos de ayuda de los ciudadanos, para hacer cosas y bajar el yugo de los impuestos, el incremento de los precios de bienes y servicios que el gobierno provee, el de frenar los incrementos de los precios de la electricidad y combustibles, el castigar a las compañías que toman provecho e incrementan los precios de sus productos indiscriminadamente, manteniendo sus propios márgenes y beneficios sin perturbar; por lo tanto, sin ayudar y perjudicando a la causa de los ciudadanos de bajo y medio nivel de ingresos que están urgidos y necesitados de ayuda para atender sus necesidades y gastos para comprar bienes o para su propia y frágil supervivencia. Ellos, los políticos, que son las "parias" del gobierno, tienen que ser eliminados de ocupar esos puestos gubernamentales que solo usan para su beneficio y el beneficio de su partido. Ellos tienen que ser desaparecidos, para que los buenos políticos puedan hacer su trabajo y redactar todas las leyes y políticas para que éstas sean aprobadas y que lleven al gobierno a marchas forzadas hacia la recuperación de la industria, agricultura, y los trabajos mismos de la gente, con pagos y remuneraciones justas, en todos los niveles de la industria y en todos los niveles dentro de una empresa o negocio. Los políticos que deben de trabajar para obtener el reforzamiento de las instituciones, para que las instituciones y ellos trabajen para el mejoramiento y bienestar de la gente que ellos representan. Todos éstos políticos tienen que llegar a la conclusión de que los ciudadanos, la gente de México, son sus jefes y los que les pagan sus exorbitantes salarios con los impuestos y las otras formas en que el gobierno utiliza para sacar recursos de los bolsillos de los pobres y atribulados ciudadanos que si trabajan. Entre más rápido entiendan que la gente era quien pagaba sus salarios, que entiendan y llegarían a la conclusión que su trabajo era el de enfocarse para el bienestar de toda la gente y en general para todos los ciudadanos del país, y entre más rápido cambien sus formas de trabajar y de administrar el gobierno, más rápido entenderían que siempre deberán trabajar para el bien de la nación, y todos sus ciudadanos.

Se enfocó a dos de los más controversiales y antagonistas políticos de cada partido. Dos del PRI dos del PAN, dos del PRD, dos del PT, etc., etc. Y ahora Teto tenía que definir su plan de acción y que era lo que tenía que hacer para desaparecer a esos políticos indeseables, corruptos, viciados, e intransigentes que solo perjudicaban a la gente y sobre todo a las labores legislativas enfocadas a mejorar el bien común. Sería ésta, una muy buena, eliminación de toda esa gente y también buena para el país, el desaparecerlos de la faz de la tierra. Esta sería la mejor solución para todos. Entre más rápido, mejor. Eliminar a esta "caterva de huevones" que solamente calientan con sus fundillos las curules donde se sientan, levantando sus manos y dedos solo para votar o impugnar en contra de algo que sería para el bien de la gente o para el bien del país; pero con un sí enfático a favor, para respaldar iniciativas para el bien de sus partidazos y/o para el bien de ellos mismos. Todos y cada uno de ellos no querían, ni quieren, que el presidente del país se anotara ni una sola victoria impulsando y aprobando iniciativas y leyes que darían al país un mejor camino y un punto de partida para salir de la inactividad y evitar la ruina de las instituciones. Respaldaban siempre algo de como causar la ruina de la industria petrolera, de la industria eléctrica y de la industria de agua y drenaje, siempre dejando que fueran inoperantes, no productivas y el de ser manejadas con el trasero de las gentes que posicionaban en sus administraciones, con maquinaria obsoleta, con malos, problemáticos, corrompidos, e improductivos trabajadores, enquistados en sus sindicatos, tales como: PEMEX, CFE, CTM, el de la Burocracia; y para beneficiar a todos esos líderes bastardos que solo se agenciaban los bienes de la nación, y de las empresas usando los dineros otorgados para su muy particular beneficio y el de todos sus cercanos compinches, sin ser responsables ni ser llamados a declarar los destinos de esos altos montos de dinero que el gobierno les otorgaba para mantener su estatus y componendas; y todo esto, para no causar problemas, mover el barco o agitar a los trabajadores. Esto era y es lo que está sucediendo en las industrias manejadas por el gobierno y que tendrían que cambiar y dar un giro total y completamente de ciento ochenta grados; esto también significaba que iba a ser un trabajo monumental que Teto y Juan tendrían que resolver y lograr.

Había mucha gente a muchos y diferentes niveles y puestos involucrados en esas organizaciones; por lo tanto, tenía que ser muy bien pensado y con mucho cuidado, el plan a trazar. Nadie debería ser responsable de haber causado la desaparición de todos esos indeseables individuos. ¿Pero cómo lograrlo? ¿Cómo se pudiera lograr ese objetivo y meta casi imposible, para tener éxito en la encomienda y no levantar ninguna sospecha o culpa hacia alguien en particular? Ese era el quid del asunto y el principal punto a tomarse en cuenta. Teto se sentía muy preocupado con tan grande y monumental trabajo a desempeñar, y de cómo atacar el problema para resolverlo y llegar a una solución. A él le encantaba solucionar este tipo de actividades problemáticas y el resolver problemas muy complicados y difíciles. Problemas difíciles y complicados tenían que ser resueltos, la mayoría de las veces, con soluciones difíciles y complicadas. El era muy bueno para solucionar y resolver problemas difíciles, pero éste en particular, tenía muchas aristas que tenían que ser razadas y aplanadas. Era un gran reto, y él estaba resuelto en cómo llegar a encontrar una solución, porque estas acciones serían un paso gigante que allanaría muchos de los problemas que Juan Elizondo encararía cuando participara en las elecciones vendieras y después de ganar las elecciones, al tomar y ejercer el puesto de la presidencia del país; ambas situaciones que estaban ya bastante cercanas.

Los dos líderes más controversiales y problemáticos del partido que había llevado las riendas del país por más de setenta años fueron secuestrados por

Teto, uno a la vez, pero el mismo día; matando a ambos con un disparo a la cabeza y los enterró en un deposito sanitario que había sido ya topado por el municipio del Distrito Federal y le iban a colocar montones de tierra arriba para sellarlo, dado que ya no había sitio para más basura. Por lo tanto, los dos cuerpos, enterrados bastante separado uno del otro, nunca serían hallados por nadie, solo desaparecieron para nunca ser encontrados. Nadie tenía una idea de lo que les hubiere pasado a dichos individuos. Hubo varias llamadas enmascaradas de informantes a la PGR y otras instituciones que eran responsables de la seguridad de los ciudadanos, con indicios e informes de dónde podían encontrar a los desparecidos; todas fueron investigadas, llevándolos a muchos y muy diferentes lugares, pero nunca se encontró ni el más pequeño indicio o rastro de lo que les hubiere pasado a estos dos individuos, ni siquiera encontrar trazas de sus cuerpos. También varias notas y cartas elaboradas con cortes de letras de magazines y periódicos, llegaron a las manos de los oficiales responsables de la investigación, pidiendo algún tipo de rescate para uno de ellos y algo más por el otro. Todas las informaciones, notas e indicios, fueron investigados concienzuda y profundamente por los investigadores de las corporaciones policiacas y de varios sectores del gobierno que eran responsables de las investigaciones; pero todo esto los llevó al final a no encontrar nada de información sobre el paradero de las personas o de sus cuerpos. Los periódicos empezaron a hacer campañas de investigación por multo propio y abrieron, en sus escritos y editoriales todos los actos de corrupción y escándalos en los cuales estos dos hombres habían propiciado, participado, y/o haberse visto involucrados en sus actividades y vidas políticas. La gente estaba asombrada de toda la información y podredumbre que fue encontrada que salió a la luz pública que vino de todo tipo de informantes sobre los malos manejos, corrupciones, y malas acciones de éstos dos hombres; por lo que después de un tiempo, todo mundo pensó que era muy buena acción la desaparición del país de estas personas para todos y sobre todo, para él país, si ellos desaparecieran para siempre para nunca volver a ser hallados. Toda la gente y ciudadanos en general, empezaron vigorosamente y con mayor vehemencia a quejarse de todas las cosas malas que todavía estaban sucediendo dentro de los partidos políticos y de las cantidades de dinero que el gobierno les proporcionaba y la dilapidación del mismo en cosas que siempre eran para el beneficio de los mismos políticos y para el beneficio del partido al que pertenecían y para las gentes que lo militaban. Nunca antes habían sido enjuiciados o traídos a justificar por los actos de corrupción en los cuales se hayan visto involucrados en el pasado, pero ahora, la gente se empezaba a organizarse para lograr que el gobierno municipal, estatal y federal actuaran en contra de todos estos malos manejos de políticos corruptos que solo se oponían y hacían todo lo que estuviera de su parte para bloquear lo que el Presidente del país estaba tratando de hacer o de las leyes que quería enactar para el bienestar y buen funcionamiento del mismo gobierno en todos sus niveles. Especialmente, todas esas cosas que quería establecer como leyes que traerían a juicio y a responder a todas estas personas para ser juzgadas por sus malos manejos, corrupción y malos actos. Y si la ley encontraba que todos los alegatos y acusaciones en contra de ellos eran ciertos, para que el gobierno los enjuiciara y declarara culpables y los pusiera en la cárcel. De esa forma, que todos estuvieran advertidos a todos los niveles, puestos y oficinas gubernamentales, que si se portaban mal en cualesquier cosa, podían ser hallados culpables y ser enjuiciados y ajusticiados, teniendo que asumir su responsabilidad y las consecuencias que sus actos delictivos y males acciones les podían acarrear.

Teto vio que los políticos que todavía estaban ejerciendo su puesto, estaban absorbiendo y poniendo atención muy cuidadosamente todas las cosas que estaban sucediendo y de los cambios que se estaban gestando. Muchos de ellos empezaron a comportarse muy diferente de cómo anteriormente lo habían hecho. Empezaron a comportarse correctamente en sus actos y negociaciones, siempre apegados a la ley y tomando muy en cuenta, ahora, los comentarios y sugerencias de toda la gente que ellos representaban y de los que los habían votado en sus puestos que finalmente eran los que estaban pagando sus salarios. Empezaron a notar que la gente se estaban organizando como nunca antes lo habían hecho en el pasado y que estaban ahora demandando, no solamente pidiendo, que todos aquellos que tuvieren un puesto en el gobierno, actuaran, se comportaran, y se desempeñaran en su trabajo y sus deberes de tal forma que la gente que ellos representaban fueran los que se beneficiaran de sus acciones, mientras ellos mantuvieran su puesto en el gobierno y en cualesquier nivel del mundo burocrático al cual pertenecían. Esto era muy bueno, ya que Teto pensó que a lo mejor no iba a ser necesario eliminar a todos los individuos que inicialmente había colocado en la lista de políticos indeseables, corruptos y problemáticos. Aunque él si debía de eliminar a algunos de los individuos de la lista original que no se daban por enterados y que no daban trazas ni intención de corregir sus malas acciones y malos hábitos. Pero con las cosas que estaba pasando últimamente, deberían de empezar a corregir sus modos, pues como el viejo dicho mencionaba: "Cuando veas las barbas de tu vecino cortar, pon las tuyas a remojar". Había mucha gente que trabajaba en el gobierno desempeñando algún puesto en la política, elegidos libremente, que tenían buenas intenciones y se enfocaban hacia hacer el bien a los ciudadanos que representaban, cosa que ahora era mucho más fácil de lograr debido al hecho de que se estaban aclimatando a la nueva forma de trabajar y de desempeñar sus deberes y las oficinas a su cargo. La situación era que las cosas estaban cambiando para bien y la gente estaba feliz que todo esto estuviera sucediendo. La gente confiaba que lo que estaba sucediendo consigo mismos y con sus más cercanos allegados, que ahora, ésta era la nueva forma en que se debiera de manejar el gobierno a todos sus niveles. Por lo tanto, la gente empezó más y más a involucrarse para hacer que se lograran iniciativas para el bien general de todos los ciudadanos y del país. Dado esto, Teto decidió eliminar solamente a los siguientes tres más problemáticos políticos del recinto legislativo; pues pensó que el resto, como se mencionó anteriormente, "se aclimataban o se aclichingaban", si hacían caso omiso a la nueva forma del orden y comportamiento de todos los empleados gubernamentales a todos sus niveles e instancias.

La eliminación de esos tres individuos fue lograda muy fácilmente. Se disfrazó, para no ser reconocido por nadie en tres ocasiones, diferentes todas ellas, en las que los tres personajes involucrados asistieron o participaron. Usó el veneno que había conseguido en Vietnam, y con una aguja muy finita, que para tales casos había conseguido, ligeramente rasguñó en algún lugar de la anatomía de cada uno de los individuos. Las muertes en sí, de estos tres individuos, ocurrieron en eventos realizados en tres diferentes ocasiones muy apartadas una de la otra, a diferentes horas del día; además, él también había utilizado para cada ocasión disfraces que eran muy diferentes y que se usaron para facilitar y no tener problema para poder acercarse a cada individuo. Sus corazones fallaron y murieron sin que se cuestionara el porqué. También en esas tres ocasiones, sus carreras políticas corruptas fueron plasmadas en los periódicos principales de la ciudad. Esto ocasionó también que la gente comentara que era benéfico el que estos personajes hubieran muerto. No hubo cuestionamientos sobre las causas o los porqués de la muerte de los individuos; por lo tanto, no se podía culpar a nadie en especial, de que fuera culpable de haberlas causado. Cada uno fue enterrado sin "platillo ni bombo", como lo hubieran hecho en el pasado. Así pasó esto, debido a que la gente se percató totalmente de todas sus fechorías, componendas, mal comportamiento, y transacciones corruptas donde habían usado su fuero y situación política, para evadir la justicia, mientras estuvieron desempeñando su trabajo en sus curules del congreso.

El Congreso, Diputados y Senadores, ahora si empezaron a trabajar, a limpiar todas las iniciativas que todavía estaban pendientes, no solo de esta administración, sino de muchas administraciones pasadas y que aun estaban durmiendo el sueño de los justos. Todas habían quedado pendientes yo no se había actuado en ellas, debido a que de alguna forma éstas podían estar en contra de sus intereses particulares o de los intereses de su partido, o algún otro interés de alguien poderoso. Una cosa sorprendente que sucedió en ambos recintos legislativos, fue la iniciativa que ambos adscribieron y totalmente respaldaron en conjunto, que bajaba sus salarios y sus dietas considerablemente, e incrementaba en alto grado los castigos que se les impondrían si eran encontrados culpables, al haberlos traído a la justicia para que aceptaran y tomaran plenamente su responsabilidad por alguna mala acción o corruptela en la cual se hubieren visto involucrados. Esto era algo que los ciudadanos demandaban desde hacía ya mucho tiempo, pero no había habido ni siquiera eco ni progreso por el bloqueo de los mismos legisladores de ambos recintos; pero ahora, estas iniciativas fueron impulsadas por los mismos legisladores y políticos, pasando la aprobación de las mismas con una tremenda mayoría de votos a favor: "El miedo no anda en burro", como dice el refrán.

La gente, finalmente estaba empezando a tener un gobierno que iba a trabajar por ellos y por el bien del país, que era el de llevar a México a su más alto nivel de logros, no solamente en el gobierno, sino en todos los sectores, tales como: agricultura, comercio, industria, turismo, etc., etc. Bien, Teto pensó para sí mismo, y esa misma tarde se dirigió a la tumba de su mentor Don Emi y le puso en su tumba como ofrecimientos los logros que había tenido hasta ese momento. El estaba feliz, y así se lo dijo a Don Emi: "Esto es para ti Tata, estamos llegando a donde queremos que México llegue para toda su gente y todos sus ciudadanos del país en general". Se sintió satisfecho, porque esas características y rasgos tales como: honestidad, trabajo duro y constante, trabajar para el bien común, responsabilidad, deseos de hacer lo que era demandado de una persona, etc., etc., eran ahora puestas en acción y enarboladas como características de casi todos, si no es que de todos, los trabajadores en el gobierno, industria, negocios, y en general, en todos los sectores del país y su economía. Y como se pudiera haber adivinado, la economía en su totalidad empezó a dar la voltereta y hasta la actitud de toda la gente y ciudadanos, también empezó a cambiar para bien. El orgullo de todos empezó a florecer. El hacer lo que estaba correcto y ayudar a todos y cada uno a lograr sus encomiendas y hacer las cosas bien en la primera vez y sin errores, era lo que estaba ahora pasando en todo el país. Era lo que se había necesitado hacer desde hacía ya mucho tiempo. El deshacerse de todos los indeseables, improductivos, malos individuos que estaban enquistados en la economía del país; había sido el despertar y comienzo del comportamiento, ahora nuevo, de la nueva forma de actuar, pensar, y comportarse dentro de todas sus actividades y encomiendas en sus vidas diarias.

Nuevas leyes fueron enactadas para castigar la corrupción y deshonestidad en el sector gubernamental. Leyes que establecieron penas estrictas para esos individuos que actuaban de forma equivocada o cometían actos de corrupción y/o deshonestidad. Las leyes eran justas, y el sistema judicial y la gente que trabajaba dentro de él, empezando con los jueces hasta la persona de menor categoría dentro del sistema, estaban ahora aplicando la ley en su máxima expresión, y sin excepción ni favoritismos para ninguna persona o individuo que fuera arrestada y juzgada por alguna mala acción que hubiere cometido. No había distinciones. Todos y cada uno eran tratados de la misma forma. Ricos y pobres, gente común y políticos de alto rango, sin favoritismos y/o arreglos por debajo de la mesa. La gente empezó a creer que era posible tener un sistema judicial que aplicara la ley justamente y con honestidad desde el peón de más bajo nivel económico, hasta el más rico del país y/o algún otro individuo del más alto rango público o privado, y hasta poder enjuiciar al mismo Presidente de la nación, si éste actuaba indebidamente o quebrantaba alguna ley. Todos y cada uno de los ciudadanos del país era responsable de sus acciones y podía ser llamado a justicia si actuaba mal o quebrantaba alguna ley.

CAPITULO DIEZ Y SIETE –
Giro de 180 grados en país.

El país y la economía de México empezó a crecer, sobrepasando a Brasil en América Latina, sobrepasando Francia, Italia y hasta a Alemania en Europa. Todavía estaba debajo de Japón y Estados Unidos, pero estaba subiendo poco a poco y en cuestión de tiempo, México se posicionaría como una potencia mundial que tendría que ser escuchado. Ahora todas las altas economías del mundo empezaron a poner atención y volteaban hacia México para saber qué era lo que había sucedido para promover este cambio tan radical en sus cuestiones económicas y financieras internas del país. El presidente de la nación estaba muy feliz y podía pregonar y presumir de que México finalmente estaba subiendo y superando la gran recesión que había humillado y doblegado a los países más desarrollados y económicamente sólidos del mundo. El estaba feliz porque la gente tenía trabajo, sus bolsillos eran llenados con los frutos de su trabajo y laboriosidad y el gobierno finalmente también había asumido su papel y el rol de gobernar para todos sus ciudadanos. Las escuelas estaban floreciendo en todo el país, especialmente en las áreas tecnológicas. Juan Elizondo había fundado escuelas similares al Tecnológico de Monterrey; cuando menos una en cada estado. También instituyo grandes programas de becas y ayudas para soportar económicamente a estudiantes de alto potencial, y también programas que ayudaran a los estudiantes en el pago posterior de sus becas ya estando en su vida profesional cuando graduaran, recibieran su título, y empezaran a trabajar para la compañía que hubieren escogido. El Banco, con todas sus filiales establecidas por Juan Elizondo, se fundaron y establecieron para soportar y respaldar a todas sus empresas, a las escuelas que fundó, a todos los programas de mejoramiento para los trabajadores que laboraban en sus compañías, y para que todos ellos pudieran también disfrutar de los frutos de su trabajo y esfuerzo en compañía de su familia y de esa forma erradicar completa y totalmente la pobreza en la cual habían vivido toda su vida anterior.

La gente que quería trabajar, encontraba trabajo. Trabajo bien remunerado, que también les diera la satisfacción de que eran apreciados, requeridos, y productivos en su vida actual. El porcentaje de la gente en pobreza, media y/o extrema, y en situaciones económicas precarias, se fue reduciendo grande y gradualmente. Ya no se veían a personas pidiendo o mendigando limosna en las calles o vendiendo sus viandas en los semáforos de las intersecciones de las calles o dentro de los camiones de pasajeros. A la gente le daba orgullo de platicar a cualquiera que les preguntara, o sin que siquiera les preguntaran; platicar que ellos estaban trabajando en tal o cual compañía haciendo tal trabajo en la línea de producción de cierto producto en especial que ahí era producido. Les gustaba alardear a los que les escuchaban, que ahora ellos estaban en condiciones de comprar una casa donde vivir, todos sus enseres y aparatos eléctricos que requerían, además de los muebles para vestirla. Que ahora ellos tenían la oportunidad de adquirir todas esas cosas con el fruto de su trabajo duro, pero honesto, y bien remunerado que ellos estaban desempeñando. Estas personas ahora tenían la oportunidad de comprar sus cosas con dinero devengado honestamente con su trabajo. Ellos ya no robaban. Ahora ellos siempre trataban de portarse bien, no solamente en sus casas, con sus familias y en su entorno, sino en todos sus intercambios diarios con sus conciudadanos y siempre con honestidad y amabilidad.

Había muchas organizaciones, detectives policiacos, detectives privados e investigadores que los partidos políticos pusieron a trabajar para tratar de identificar que era lo que estaba sucediendo a toda esa gente que estaban muriendo y/o desapareciendo de la faz de la tierra sin dejar rastro ó huella alguna ni información de lo que les había sucedido. La gente de Derechos Humanos también se vio involucrada en numerosas investigaciones. Todas estas investigaciones siguieron llevándose a cabo continuamente y sin parar por espacio de dos años; pero nadie fue capaz de encontrar algo o sacar a la luz ninguna cosa o conclusión que se pareciera a una conspiración o algo similar. La gente pensaba, inocentemente, que si Dios no tendría algo que ver en lo que sucedía finalmente apiadándose de todas las suplicas, plegarias, y rezos de los Mexicanos y había tomado acción en contra de todos esos malos individuos que hacían solo el mal y corrompían a tanta gente, compañías, negocios, industrias, empresas administradas por el gobierno y de todos esos burócratas holgazanes a todos los niveles y que solo vivían del erario. Las organizaciones de Derechos Humanos estaban muy sorprendidas de "todo el recorte, muerte y/o desaparición de todos los elementos indeseables", que era la única forma en que ellos podían llamar a lo que estaba sucediendo; dado que estos malos elementos eran los que principalmente eran responsables del incorrecto funcionamiento del gobierno y del bloqueo del progreso de todo el país. También, todos estos individuos eran responsables en principio, de la mayoría de los crímenes, robos, corrupción, drogas, cárteles de droga, secuestros que sucedían y eran permitidos existir en todos los estados del país, ciudades, municipios y pueblos. Buscaron y no encontraron; investigaciones realizaron, información trataron de obtener en todo lugar y a todos los niveles, pero nadie podía dar una explicación sobre lo que estaba sucediendo y el porqué estaba sucediendo. Nunca, nada fue hallado, ni se obtuvo explicación alguna. Pero, todos, todos, estaban muy contentos y felices de que esas cosas estuvieran sucediendo, las cuales promovían todos los buenos cambios que pasaban y que se estaban estableciendo en el gobierno, en las industrias, en la fuerza policiaca, en la fuerza militar, con los políticos y más especialmente, lo que había cambiado en la actitud de toda la gente y todos los ciudadanos del país. Este era el tiempo de cambio y el cambio se estaba dando y tomando efecto y echando sus raíces en todas partes. La gente y todos los ciudadanos, eran los que más se beneficiaban y los que más agradecidos estaban, con el responsable, si es que había alguno realmente responsable por la eliminación, desaparición, y muerte de todos esos indeseables individuos que eran los parias de la sociedad y que ni siquiera se les podía ser llamados mexicanos. La sociedad, como un todo, estaba feliz y contenta de todos los cambios. El Gobierno empezaba a trabajar como una máquina muy bien aceitada y engrasada, cuyo único propósito era el beneficiar a la gente, el pasar leyes para el bienestar de todos los sectores, y también pasar todas aquellas que castigaran con penas severas a todos los que las quebrantaran y para que fueran aprendidos y llevados a la justicia. El sistema judicial también estaba cambiando para mejorar. Ya no había "prepotentes" que pensaban que tenían el privilegio y poder para hacer todo lo que quisieran y les viniera en gana hacer en cualquier parte y en cualquier lugar. Si alguno de estos individuos quebrantaba la ley, era llevado a una justicia expedita, y si se hallaba culpable, se le otorgaba su pena por haber roto la ley, sin excepciones. Esto, en especial, era lo mejor que le había pasado al ciudadano "Juan Pérez" y estaba muy agradecido. Justicia ciega para todos, sin favoritismos o componendas para retrasar, cambiar o modificar la correcta aplicación de la ley para todos. Lágrimas aparecieron, en muchas ocasiones, en las mejillas de la gente pobre que nunca esperaron en toda su vida el que éste cambio se diera y que ellos pudieran ver que la justicia sería aplicada sin distinciones para nadie. Quien quiera que se sobrepasara de la línea, era traído a justicia, y sería penalizado si fuera hallado culpable, por su trasgresión a la ley. Nadie se quejaba ahora, porque la gente estaba segura de que la mayoría de los jueces, si no es que todos, serían justos en la impartición de justicia, sin favorecer a nadie en particular y aplicando la ley en tal forma que se daría la justicia tanto al trasgresor, así como para las personas a las cuales les hubiere causado problemas y/o injusticia. La gente, ahora, denunciaba todo y cada cosa que ellos veían que estaba mal. Y la gente que debería corregir lo que estaba mal, hacían su trabajo y lo corregían. La gente, ahora, ya no tenía miedo de la fuerza policiaca o a ningún policía o guardián, porque ellos estaban seguros de que todos ellos estaban para ayudar y proteger a los ciudadanos sin distinción alguna. Ese era su deber, y si no lo cumplían, pudieran ser encarcelados y ajusticiados por cualquier cosa que hubieren hecho o no hecho y que estuviere mal. La gente, ahora, ya no tenía miedo a las represalias que pudieran llevarse a cabo en contra de ellos por alguna denuncia hecha. Estaban, ahora, seguros que serían ensalzados por haber denunciado cualquiera mala acción para que fuera corregida y para que no causara problemas a nadie más. Todos y cada uno, protegían y ayudaban a todos los demás; esa era la nueva forma de comportamiento y orden y la forma a seguir por todos los ciudadanos a todos los niveles en todo el país.

CAPÍTULO DIEZ Y OCHO –
Iniciativas y cambios.

El Presidente envió iniciativas a ambos recintos legislativos para total y completamente cambiar la forma en que se deberían manejar los partidos políticos, la aportación de dineros de parte del gobierno para ellos, y la forma de transparentar todas sus acciones y transacciones; especialmente en la forma en que gastaban y disponían de los dineros que les eran otorgados. En otras palabras, empezando con los políticos, todos eran responsables de sus acciones. El "fuero" político era bueno solo para la protección del desempeño de sus actividades y acciones legislativas; pero si alguien quebrantaba cualquier ley, por pequeña que ésta fuera, el "fuero" no protegería a ninguno de ser llamado a la justicia para que se responsabilizara de las consecuencias que por los hechos delictivos les impusieran. Por lo tanto, los políticos, ahora, andaban en "línea recta" en todas sus acciones y comportamientos, o aprendían a hacerlo; ó se hacían responsables a que fueran castigados por quebrantar alguna ley, si eran encontrados culpables de haberlo hecho. Leyes fueron aprobadas para limitar bastante las cantidades alocadas a los partidos políticos para ser usadas particularmente en las elecciones y/o para usarse en sus trabajos o sustento partidario; y que si ellos querían cantidades mayores, ellos mismos tendrían que encontrar o agenciarse alguna forma de honestamente procurarse con suficiente dinero para poder solventar sus gastos y extras o para algo especial que ellos requirieran hacer. Leyes fueron aprobadas que tenían severas penas para los políticos que las quebrantaran o se salieran de la correcta línea del trabajo que ellos deberían hacer en su recinto legislativo. La ley fue cambiada para permitir a los senadores y diputados ser propuestos y ser re-elegidos por cuando menos tres veces consecutivas, del ahora un solo período que representaba únicamente cuatro años de una sola elección. La ley y la constitución fueron cambiadas para permitir que candidatos independientes pudieran competir como candidatos oficiales en las elecciones desde la presidencia de la república hasta el más bajo nivel gubernamental y cubrir una oficina o puesto de elección popular por la votación de los ciudadanos con derecho a voto. Leyes fueron aprobadas para castigar severamente y traer a justicia a cualquier individuo que hiciera algo mal en cualquiera de las campañas y/o en la elección misma. El dinero que fuera gastado para la promoción de un candidato era seguido muy de cerca y checado para que se certificara que ese dinero fue obtenido de manera honesta para dicha acción de promoción y que fue obtenido correctamente sin negocios turbios, o mucho más importante, que no provenía de los cárteles de la droga; aunque estos empezaban a desaparecer. Esto se debía principalmente a que ya no consideraban seguro operar en el país, debido a que la gente inmediatamente les "ponía el dedo" si se daban cuenta de que se estaba llevando a cabo alguna acción que se identificara con el tráfico de drogas. Si estas personas trataban de usar sus armas, serían puestos inmediata y sumariamente bajo la guillotina y muertos sin ninguna compasión por las fuerzas militares, que poco a poco actuaban menos, ya que las fuerzas policiacas resolvían cualquier problema o incidencia que se presentara en estos tipos de situaciones. Gobernadores y sus respectivos colaboradores en sus puestos y en las ciudades, estaban ahora, "tomando el toro por los cuernos" y conforme transcurría el tiempo, solicitaban menos la ayuda de otras fuerzas del orden que las que actualmente poseían en su estado, ciudad o municipalidad. Leyes fueron aprobadas para servir y proteger a la gente y a los ciudadanos y proporcionarles justicia sin distinción. Leyes fueron aprobadas para bajar los impuestos y para darle a la gente trabajadora la oportunidad de disfrutar el fruto de su trabajo y bien merecido dinero obtenido. Debido a que se habían eliminado muchas erogaciones superfluas y no enfocadas a satisfacer las necesidades de los ciudadanos, ahora había más que suficiente dinero disponible para operar el gobierno y dejar remanentes para empezar a invertir en infraestructuras del país, tales como: caminos y carreteras, puentes, casas habitación, presas, exploraciones para encontrar petróleo y gas, equipos para producir electricidad, plantas tratadoras de agua propia para el consumo de los seres humanos y también para el tratamiento de las aguas residuales, plantas para manejo de desechos y todos aquellos proyectos que beneficiarían a todos los ciudadanos del país. También, sumamente importante, alocar dinero para el desarrollo tecnológico, para la investigación y desarrollo y para los científicos que trabajaban en nuevas tecnologías e inventos necesarios para mejorar la vida de los ciudadanos. El porcentaje de inflación se redujo casi a cero y los intereses bajaron, impulsando el intercambio peso/dólar por debajo de los diez pesos; el porciento de desempleo se redujo a menos del uno por ciento; la producción industrial de bienes y servicios estaba en su apogeo; el porcentaje de la criminalidad casi despareció por completo; y muchas de las cosas que promueven el progreso de cualquier país en el mundo, estaban siendo logradas ahora en el país.

CAPITULO DIEZ Y NUEVE –
Comienza la unión ciudadana.

Mientras que la eliminación y desaparición de los malos elementos e individuos indeseables que evitaban el progreso y buen gobierno del país, estaba siendo llevada a cabo en México, Juan Elizondo continuaba incrementando a grandes zancadas el número de compañías que estaba fundando, las escuelas que estaba construyendo, junto con los caminos y carreteras que promovía y realizaba con y por la propia gente que era la beneficiada con todas éstas acciones. El mismo, ponía la mayoría de los recursos para los trabajos y construcción; las sucursales de su Banco promovían el bienestar y aseguraban el otorgamiento de los dineros para que la gente de bajos recursos lo pudieran aprovechar; las casas que se construían, eran ofrecidas a toda la gente que querían mejorar su estándar de vida familiar; y muchas otras cosas que fueron establecidas y hechas para las personas de menores recursos. Todo esto estaba en apogeo y a marchas forzadas.

Todos los ciudadanos, en todos los rincones del país, estaban tomando nota de todas las cosas buenas que se estaban llevando a cabo para su propio beneficio, el de sus familias, el de sus comunidades, el de sus pueblos y ciudades, el de su estado y en general para todos y por todo lo largo y ancho del país, que ahora era considerado como la Nueva República de México. Todos ellos en silencio, pero también abiertamente, rezaban y daban gracias que tales cosas estuvieran llevándose a cabo para su bienestar. También se estaban dando cuenta del personaje de muy bajo perfil que era el promotor e instigador de todos estos cambios que se estaban efectuando en el país era: Juan Elizondo. Aunque el siempre presentaba un perfil bajo de sí mismo y de todo lo que estaba haciendo, era muy conocido; porque el siempre supervisaba personalmente y ayudaba a todos los administradores de sus empresas, negocios, bancos y escuelas, y de todo el Grupo-JE. Ellos a su vez y la gente en su totalidad, como quiera que fuera, estaban poniendo una atención muy especial y particular en este hombre como el promotor, fundador, y continuador de todo lo que estaba sucediendo en el país. Aún cuando ponía una atención muy personalizada con toda la gente que trabajaba para él y en la gente involucrada en todos sus proyectos, él nunca buscaba la atención hacia su persona y no se quedaba mucho tiempo en un solo lugar, para evadir las alabanzas y felicitaciones y también evitar las adulaciones o demostraciones de gratitud que en forma emocional le proporcionaran y que pudieran, en algún caso, molestar al gobierno y a la gente que actualmente dirigía el país. El no quería molestar o tener problemas con nadie y mucho menos con ninguna persona del gobierno, políticos, sindicatos, o industriales y en general, con nadie. El solo quería seguir promoviendo y respaldando lo que había empezado a hacer y que era para el bien de todos los ciudadanos del país, especialmente para los de los niveles económicos más bajos y para los más desamparados. Había estado teniendo éxito, pero como quiera, la gente estaba notando lo que él estaba haciendo y el desinterés hacia su persona con que lo hacía, sin tomar beneficio de nada y/o aprovecharse de nadie en llevarlo a cabo. El era, la gente pensaba, un individuo recto, desinteresado, que usaba su dinero y fortuna, todos sus conocimientos, y sus recursos personales, para el bien de la gente y el bienestar de sus vidas personales y familiares; así como, de todo su entorno a todos los niveles. Esto, la gente, los ciudadanos, y todos en general, se daban cuenta de ello y se lo guardaban grabado e incrustado en sus mentes.

CAPITULO VEINTE –
Tres candidatos controvertidos y problemáticos.

En este momento en particular, un año y medio antes de las elecciones para la Presidencia del país y debido a los cambios en la constitución, también para todos los gobernadores estatales, presidentes municipales y todos aquellos que laboraban en algún puesto político gubernamental y/o que tenían que ser votados y elegidos, había todavía individuos que trataban y hacían hasta lo imposible para revertir los cambios y regresar al país para atrás a su estado original abusivo en que era manejado por los políticos corruptos y gente mala del los gobiernos anteriores y en todos sus niveles. Esta forma de gobierno era el estado de la nación antes de que todos los cambios arriba mencionados fueran tomando cuerpo poco a poco. Estos individuos eran: uno del partido político que había manejado y arruinado al país por setenta largos años con su forma "prepotente" de hacer las cosas y llevar el manejo del gobierno; otro era de la coalición de partidos de izquierda; y el tercero era del partido político que había comenzado el movimiento hacia la democracia debido a haber ganado las elecciones presidenciales del año dos mil. Esa gente era mala y estaban tratando de hacer todo lo posible y por todos los medios: incorrectos, erróneos o por acciones corruptas, que les dieran la ventaja en las próximas elecciones ya en puerta. El que tenía el mejor posicionamiento y ventaja, porque contaba con el mayor aparato político de los tres involucrados, y porque ellos y su grupo podían organizar a la gente y presionarla a que votaran por su partido político y su candidato. Ellos hasta compraban votos con "dádivas" de comida, cosas, o dinero y dándoles promesas de que les seguirían dando; aunque la gente sabía por experiencias previas que inmediatamente después de ganar y al tomar su puesto, se olvidaban y hasta re-negaban de las promesas que le habían hecho a la gente cuando andaban en campaña. Era una lástima de que la gente se fuera con la ilusión y que tuvieran una memoria tan corta de lo que les había sucedido en el pasado, y de todo lo que les habían hecho y prometido con anterioridad, nunca habiéndoselos cumplido.

El otro que tenía una oportunidad de tener éxito era el que pertenecía a la coalición de partidos de izquierda. Ellos podían hacer toda clase de movimientos, levantamientos, demostraciones, huelgas, que jurarían serían pacíficas cuando éstas sucedían, pero que en la realidad ellos promocionaban y metían instigadores dentro de sus propias organizaciones que harían todo lo posible para lastimar, pegar, robar, y destruir, e intimidar, causando muchos problemas para el gobierno y la fuerza policiaca que supervisaría y custodiaría las demostraciones. El gobierno local de la ciudad capital era gobernado por un hombre que pertenecía a la coalición de izquierdas y que daba órdenes específicas de "que dejaran a los de la demostración, que hicieran lo que les diera su gana, pero que no hicieran nada para prevenir cualquier cosa que sucediera". Estas órdenes nunca se daban por escrito, pues era demasiado inteligente para hacer eso; por lo tanto, de esa forma no dejaría rastro, pero "las órdenes" eran específicamente dictadas personalmente por él para todos los mandos de la policía y a todas las fuerzas del orden dentro del perímetro de la capital. Esa era la razón principal de que en el pasado, había habido gente lastimada, propiedad privada dañada y hasta algunas personas habían sido asesinados por los integrantes de la demostración, sin que nada ni nadie hiciera algo al respecto para traer a justicia y/o atrapar a los culpables de dichos desmanes. La gente que estaba a cargo de mantener la paz y de mantener pacíficamente el orden de los de la demostración, se volteaban a ver hacia otro lado cuando algo malo estaba pasando y cerraban los ojos a todas las cosas malas que eran hechas por estos instigadores.

El tercer individuo, era del la ala radical del partido político que supuestamente había empezado el movimiento democrático del país, ya este individuo en particular, no estaba satisfecho que no hubiera sido considerado como candidato para cierto puesto gubernamental de elección popular en las pasadas elecciones. No era un radical declarado ni problemático, como los dos mencionados anteriormente, pero también podía causar problemas cando la decisión para escoger candidatos para las próximas elecciones estuviera ya cerca. Había algunas gentes en el gobierno y oficiales del partido que pensaban que podían hablar con él y disuadirlo de que causara problemas en las elecciones internas para escoger el candidato para el partido, pero no estaban absolutamente seguros que haría caso a sus sugerencias.

Dado que el período después de que la constitución fue cambiada para celebrar todas las elecciones en una sola y única ocasión para ahorrar tiempo, dinero y esfuerzo y proveer un evento totalmente democrático, las únicas elecciones y el tiempo mismo de dichas elecciones en México se llevaría a cabo en el primer domingo en Octubre de cada seis años. Y con éste cambio de la ley, todos los puestos votados en las elecciones, de esta elección en adelante serían, cada uno, por períodos de seis años. Siendo que las elecciones se llevarían en el mencionado primer domingo de Octubre de cada seis años. Esto daría a los candidatos que ganaron las elecciones suficiente tiempo para tomar su protesta, hacer el cambio de poderes y tener una transición sin problemas de todas las administraciones de las oficinas de gobierno a todos sus niveles. El Instituto Nacional Electoral, que ahora se había convertido totalmente en un ente independiente en su totalidad y escogido y votado por los ciudadanos únicamente, había establecido un forma muy eficiente y efectiva de obtener los resultados en menos de veinticuatro horas después de que las elecciones y casillas de votación hubieran cerrado. El candidato que hubiere ganado la elección pudiera ser confirmado también en una semana y en ese tiempo obtener su certificado de haber ganado la elección. Candidatos que tuvieren algún conflicto y quisieran que se revisara cualquier cosa de su elección, tenía esa semana y solo dos semanas más para "impugnar" los resultados, que serían revisados y en una semana, máximo obtener la decisión final que sería dada por el presidente del INE; para que posteriormente ya no hubiere ninguna otra impugnación por ese mismo puesto de elección.

Las cantidades de dineros que fueron presentadas a los ciudadanos del país como resultado en ahorros por el cambio de la constitución y de las elecciones fueron sorprendentes y asombraron a todo mundo, propios y extraños, en el país. Todos esos dineros fueron a dar directamente al presupuesto gubernamental para ser asignados a eventos de elecciones futuras y para programas de infraestructura que beneficiarían al país. La constitución fue cambiada para que, al empezar este año las campañas de los candidatos a elecciones populares, "no se les otorgaría, por parte del gobierno, ningún dinero a ningún partido político para financiar su trabajo y desempeño, sus elecciones, o cualquier otra cosa que tuviera que ver con dicho partido. Todo partido político sería desde esa fecha en adelante, responsable de juntar el dinero que requirieran para su funcionamiento de la forma que más les conviniera: celebrando eventos partidarios, eventos sociales, cuotas de sus miembros, donaciones (honestas y verificadas); etc.; y todos esos dineros serían debidamente escrutados por miembros del INE para asegurar que eran lícitos y obtenidos honesta y legalmente para financiar el desempeño y operación de su partido y prevenir cualquier dinero o dineros no bien habidos a que llegaran a las arcas de dicho partido".

El Sr. Enrique Piedra Sobrino, era el candidato del partido que en el pasado había manejado al país por setenta años, había conjuntado un gran contingente de seguidores que querían llevar al país al estado de gobierno tal y como estaba hacía veinte años atrás. Muchos de esos individuos eran personajes con mucho dinero, habido por los privilegios a los cuales se habían allegado y atenido por los gobiernos de años pasados y porque ellos habían adscrito grandes sumas de dinero para financiar la candidatura del señor Piedra Sobrino.

Por el otro lado, el Señor Emanuel Obrero Lopiño, era el candidato del partido de la coalición de izquierdas. En su haber, el contaba con fondos y dineros de gentes que tenían grandes cantidades de dinero en sus carteras financieras, que estaban en la industria, negocios, o en otros sectores, y que querían cambiar al gobierno por cualquier forma posible que ellos pudieran usar y manejar a su antojo, aun que fuera logrado con una revolución de las masas.

El tercer candidato "en discordia" no tenía grandes respaldos financieros de ningún sector; pero su gran insatisfacción era, en que no lo hubieran tomado en consideración en las elecciones anteriores, cuando la selección de candidatos de su partido se efectuó. Por lo tanto, después de que muchos correligionarios del mismo partido eligieron y tomaron la tarea de hablar en serio con él. Le enumerarían y le dirían que todos sus meritos serían tomados en cuenta, y a lo mejor sería posible que fuera seleccionado para ser considerado para que representara al partido en las elecciones para una gubernatura o una presidencia municipal del estado que era oriundo, si renunciaba a todas sus intenciones y pretensiones de hacer ruido y causar problemas en las futuras elecciones.

CAPITULO VEINTE Y UNO –
Eliminación del más controvertido candidato.

Con todo lo que les había pasado, y que estaba actualmente pasando, a todos los elementos indeseables en todos los puestos y niveles gubernamentales, partidos políticos, sindicatos, etc., los dos candidatos mencionados, súper reforzaron su seguridad personal para no otorgar ventajas a nadie que quisiera tomar la iniciativa y tatar de causarles algún daño físico y/o tratar de asesinarlos o borrarlos del mapa y del a faz de la tierra. Por lo tanto, iba a ser un gran reto para Teto encontrar una forma para callar ó suprimir a ambos candidatos. Tenía que diseñar y encontrar una forma de convencerlos que se mantuvieran o salieran de la carrera para competir y de sus candidaturas o definitivamente desaparecerlos de la forma en que no se levantara ni sospechas ni preguntas de nadie, sobre lo que les hubiere sucedido.

El candidato más controversial de los tres, era el señor Obrero Lopiño; por lo tanto, Teto decidió que sería el primero en el que trabajaría para su eliminación. Disfrazado, como siempre que trabajaba en este tipo de proyectos y acciones, empezó a frecuentar bares y antros para tratar de encontrar al tipo correcto de individuo para la tarea que había planeado llevar a cabo. Y después de estar haciendo lo mismo por casi un mes, encontró en una pequeña cantina en uno de los suburbios de la capital al particular tipo de individuo que escogería. Este no tenía familia, estaba muy disgustado y molesto, no solo con sus propias cosas personales, sino que estaba inconforme y a disgusto con el gobierno; y además, era fanático del partido que había gobernado el país por más de setenta años. El decía en sus largos monólogos que "estábamos mucho mejor veinte años antes de lo que ahora estaba sucediendo en el gobierno. También era un exacerbado detractor del partido político del ala izquierda. Divagaba con sus monólogos y pláticas muchas veces que éste partido en especial, solo causaba problemas y cosas malas para la gente con sus demostraciones, sentones, y actividades que solo se enfocaban a hacer y causar problemas para todo mundo. El nombre de éste individuo era José Abulto. Por lo tanto, Teto empezó a frecuentarlo asiduamente, otorgándole y dándole todo su apoyo a las cosas y formas de pensar que eran muy importantes para él. Así transcurrió, que este individuo muy particular, empezó a ser un buen amigo y confidente de Teto contándole sus aspiraciones como persona y de lo que él quería hacer para hacer el bien al país y a toda la gente que vivía en él.

Este individuo vivía en una apartada sección pobre de la ciudad y siempre estaba solo. El preparaba sus propias comidas ó comía en algún lugarcito o fondita de las que pasaba en sus deambulares por la ciudad. Aparentemente no tenía relaciones o conexiones sentimentales con ninguna mujer y tenía un buen trabajo en una maquiladora que fabricaba monitores para televisores que eran ensamblados y exportados fuera de México. Su trabajo era bueno y le proveía con suficiente dinero para vivir, comer y distraerse yendo a los juegos de futbol, deporte que le gustaba mucho. A él también le gustaban ir a ver películas, principalmente le gustaban aquellas que trataban de policías, detectives, misterio y cosas por el estilo. Nunca le confió a Teto la razón del porqué no tenía ninguna relación amorosa o relación con mujeres. Mencionó muy someramente y solo de pasada, que cuando era niño, su padre había dejado a su madre, y su madre tuvo que prostituirse para conseguir dinero para sostenerse ella y a su hijo. Por lo tanto, Teto asumió que este individuo veía a su madre en todas las mujeres que se relacionaban o tenían algún intercambio con él, aunque fuera del trabajo mismo y no quería empezar alguna relación con alguna mujer y que al final él, la consideraría como solo una prostituta, como lo había sido su madre. Debido a estas circunstancias, Teto ya no quiso perseguir esta avenida de información, mayormente porque pudiera causar un problema con la cercana relación, que hasta la fecha había ya conseguido con este individuo. Nunca le dijo quien era él, donde vivía o donde trabajaba; es más, Teto evitaba toda clase de preguntas personales que este individuo le hacía y por lo tanto, ni idea tenía de quien era Teto o de dónde había salido, y como sus deseos personales prioritarios eran los de obtener mucha atención y soporte emocional por un igual, el cual ya se había convencido a si mismo que Teto lo era, ya no quiso o trató de obtener nada adicional de información, mientras Teto siguiera siendo su amigo, soporte, y mentor, hasta cierto punto.

Teto, poco a poco, empezó a incurrir en que era lo que motivaba a este individuo en particular. Que era lo que quería, sus deseos más íntimos, así como, lo que quería llegar a realizar en su vida. Que era lo que lo motivaba a la acción, cuáles eran sus aficiones, si es que tenía alguna etc. En todo esto, lo que Teto quería obtener de este individuo, era cómo lo iba a motivar de la forma que usaría para inducirlo a que actuara por sí mismo y matara a uno de los más conflictivos e irreverentes individuos del partido político de la coalición de izquierdas que había ya causado tantos problemas para el país y para todos sus ciudadanos; no solamente a los de la capital, pues sus accionares ya habían cundido traspasado barreras estatales ganado adeptos en varias ciudades de la república. Todo esto quería lograrlo Teto, sin que él se diera cuenta para lo que estaba siendo enfocado y guiado a hacer, y tampoco saber el porqué él lo hacía, o las razones muy dentro de sí mismo para hacerlo en el tiempo futuro; así como, de lo que él iba a lograr, para su beneficio con su efímera acción.

Teto, en su entrenamiento militar, había aprendido muchas y muy diferentes técnicas para persuadir a los hombres y mujeres de que hicieran cosas que ni siquiera ellos estaban consientes de lo que las iban a hacer, ni como los habían enfocado o llevado a realizarlas. Estos procedimientos eran como un "coco wash", o lavado de cerebro, que lograba inducir en las mentes de las gentes a que hicieran cosas y acciones sin que su subconsciente o fuerza interior interfiriera para evitar de que dichas acciones se realizaran o a resistirse a hacerlas. Los Japoneses y Chinos eran unos expertos en este tipo de técnicas y operaciones y Teto pasó una buena parte de seis meses entrenando con los mejores maestros de las dos culturas que eran expertos en enseñar esta habilidad y técnica para cambiar o dirigir las mentes de individuos a realizar cosas que ellos querían que hicieran, sin que los individuos siquiera se dieran cuenta de sus acciones o de lo habían hecho. Lo mejor de esas habilidades y técnicas era

105

que los individuos que eran pasados por estos procesos, después de sus acciones, ni siquiera recordaban algo de lo que habían hecho, mucho menos, las razones del porqué lo habían hecho. Por lo tanto, Teto empezó a trabajar con este individuo, José Abulto, con lo que tenía que hacer para lograr la muerte y asesinato del señor Obrero Lopiño, que ahora era el "destapado" postulado como candidato del partido político de las coaliciones de izquierda para la Presidencia de la República. Teto consiguió para José una vieja pistola revólver calibre treinta y ocho especial que había adquirido en uno de sus viajes en una ciudad pequeña del centro del país y que la cual hasta había ya olvidado el nombre. El revólver no tenía número de serie, su cañón por dentro estaba inmaculado y casi nuevo, sin enmohecimiento en ninguna de sus partes y su mecanismo estaba en perfecto orden. Lo probó y comprobó que disparaba bastante bien, pero la mejor parte era que no tenía ninguna señal o alguna cosa que apuntara hacia su origen o dónde había sido fabricado, o de donde había venido. No tenía marcas o cosas que lo identificaran en la misma arma y era perfecta para la acción que se pretendía realizar con ella.

Teto descubrió de entre sus largas pláticas y confidencias con José que le gustaban las armas, que alguien, no recordaba quién, le había enseñado a disparar una pistola y había llegado a la conclusión muchos años antes, que no era un mal tirador. Usualmente él le pegaba a lo que les estaba apuntando, especialmente en distancias cortas. Por lo tanto, Teto, le mostró la pistola a José uno de esos días que estaban caminando por los campos, y le dijo que un viejo conocido se la había dado como un pago por un favor que le había hecho, muchos años antes y que le gustaba porque disparaba bien. José se fascinó con la pistola y le preguntó a Teto si podían en alguna ocasión en el futuro disparar con ella, a lo que él le contestó afirmativamente, diciéndole que lo harían pronto y con eso Teto montó la trampa para lo que quería hacer.

Varios días pasaron cuando volvieron a atravesar los campos llegando posteriormente al bosque en una de sus largas caminatas, cuando Teto le dijo a José: "Traigo la pistola conmigo y también traigo varios cartuchos que podemos disparar: ¿Te gustaría hacerlo ahora"? La respuesta de José fue un enfático "¡Sí!". Y con esto, continuaron caminando y adentrándose en un arroyo profundo en el bosque; puso varias piedras, colocadas en hilera horizontal como blancos, para dispararles. José admiraba la pistola y la manejaba con reverencia como si fuera una joya preciosa que tenía en sus manos. Teto dejó que José tirara primero y descubrió que disparaba bastante bien aún cuando tenía muchos años sin hacerlo. Después de que terminaron de tirar, Teto vio el brillo en los ojos de José cuando este veía a la pistola y le preguntó si le gustaba; a lo que José contestó con un muy entusiasta "Sí, me gusta mucho". Entonces Teto le dijo: "José, la pistola es tuya, yo te la doy como un regalo para que me recuerdes siempre como un buen amigo". José no podía cree lo que estaba oyendo y hasta casi beso la mano derecha de Teto cuando llegó a la conclusión de que él le estaba diciendo la verdad. Le estaba dando desinteresadamente la pistola como un presente a su amigo sin pedirle nada a cambio.

Después de la experiencia de práctica de tiro, ya era el tiempo ahora de que Teto empezara a trabajar con la mente de José para llevarlo a que matara al señor Lopiño en uno de sus tumultuosos mítines que usual y muy frecuentemente tenía. En esos mítines el Sr. Lopiño prometía el sol, la luna, las estrellas, comida, bebida y todo aquello que llevaba a congraciarse con la gente congregada, pero que nunca nada era concretizado o realmente logrado en beneficio de los asistentes. Ellos solo eran acarreados como borregos a esos mítines, solamente con la ilusión de que en el futuro, iban a obtener algo por nada, solo por estar y tener presencia en esos conglomerados de gente. En Septiembre, del año anterior a celebración de las elecciones presidenciales iba a haber un mitin "multitudinario" en la Plaza de Valles Torinos en la ciudad de Juárez, cerca de la frontera con El Paso del Norte, en el estado de Texas. Teto pensó que esta sería un lugar ideal y la ocasión perfecta para llegar cerca del señor Lopiño para que José lo matara. Iba a haber mucha gente presente en el mitin; y era seguro que la gente sería bastante vociferante y revoltosa, porque muchos "cholos" y miembros de pandillas de la ciudad de El Paso del Norte iban a asistir; y en realidad, habían sido contratados y pagados por los mismos organizadores para hacer desmanes y causar problemas cuando el mitin estuviera en su zenit.

Dos semanas antes de que el mitin tuviera lugar, Teto empezó a trabajar con la mente de José. Usando todas las técnicas que había aprendido de sus maestros Japoneses y Chinos en el arte de dirigir y cambiar la mente de un individuo, el llevó a José a un estado de semiinconsciencia y le empezó a infundir cosas que tenían que ver con sus fobias, sus placeres, sus gustos, lo que él quería hacer y lograr en la vida y gradualmente poco a poco le infundió su tremendo aborrecimiento hacia el señor Lopiño y lo que él representaba de malignidad para México. Le alimentó su alto ego incrustando en su ser interno la idea de hacerse un héroe para todos los mexicanos en el país, si es que mataba a Lopiño. Que él iba a ser reconocido como el salvador de México, por no permitir que este individuo en particular, se opusiera y estableciera en contra del camino del progreso y cambio de México, ese país al que él amaba tanto y que tanto creía en él y que definitivamente tenía que cambiar para mejorar. También, gradualmente y poco a poco, el hecho de que no iba a tener ninguna recolección ni razón por haber matado al señor Lopiño y que se olvidaría totalmente de lo que había pasado y de lo que él había hecho. De que el acto y asesinato mismo del señor Lopiño iba a ser una reacción espontánea a algo muy dentro de sí mismo que lo había dirigido y empujado a cometer este acto. Que él no sería culpado o que tampoco, después de que el asesinato hubiere acontecido, él culparía a ninguna otra persona por el hecho realizado; porque lo había hecho el mismo y nunca culparía a ninguna otra persona por algo que él solo había realizado. Además, él ni siquiera recordaría el hecho de haberlo llevado a cabo y que no tendría tampoco conciencia de que si el acto estaba bien o mal.

Todas estas cosas nunca sucedieron, porque después de haber matado a Lopiño, José volteó la pistola hacia sí mismo y se disparó dentro de su boca en la parte trasera del paladar hacia su cerebro; esto sucedió antes de que nadie siquiera tuviera tiempo de agarrarlo y prevenir el que se disparara. Uno de los últimos pensamientos que tuvo José antes de que jalara el gatillo de la pistola y se matara, fue de lo grandioso que iba a ser que lo consideraran como un héroe por haber consumado el asesinato y: "poner dos balas en rápida sucesión en la cabeza de Lopiño", antes de que el mismo se inmolara. Teto estaba como a unas cien yardas de distancia de los acontecimientos, disfrazado, como siempre, y se sorprendió mucho por la acción que José de matarse después de cometer el asesinato. La acción había sido meticulosamente ejecutada por José, según lo que le había imbuido Teto en su cerebro, y no hubo falla alguna, y por lo tanto, nadie sería culpado por esta acción en particular. Pero las explicaciones de las personas, políticos, y gente de Derechos Humanos, serían en el sentido de que el acto había sido perpetrado por una persona que estaba completamente fuera de sí y que había actuado solo y nadie podía ser culpado por la muerte del señor Obrero Lopiño.

Hubo huchas conjeturas de que alguien debería ser castigado por haber empujado al señor Abulto a hacer lo que había hecho, pero después de innumerables investigaciones y de haber tratado de obtener información de la vida, trabajo y familia del señor Abulto, llegaron a la conclusión de que nada indicaba que alguna persona además de él fueran o pudieran ser culpables de lo que había acontecido. Una de las personas, el candidato más problemático para las elecciones venideras del próximo año, había sido eliminado. Había otro individuo en la coalición de partidos izquierdistas que había abdicado para que la nominación de candidato del partido fuera para Lopiño. Este individuo era completamente subordinado a la persona de Lopiño y que ahora en la actualidad, tenía el control del gobierno del Distrito Federal. Esta persona se salvó de las acciones que fueron instigadas hacia su persona cuando Lopiño lo tenía en una oficina de gobierno y fue acusado de corrupción y malos manejos que había llevado a cabo en y con los partidos de la coalición de izquierdas cuando operaba de esa oficina gubernamental. Por lo tanto, toda su vida política y el nivel que tenía en los partidos de la coalición eran debido al respaldo de su mentor, Obrero Lopiño. Y fue por esa razón que no pudo competir en su contra, ya que si lo hacía, sería el final de su carrera y vida política. Obrero Lopiño se encargaría de eso, utilizando toda su fuerza política y rencor personal con todos sus allegados y compinches que tenía como incondicionales a su servicio. Pero ahora, con Lopiño fuera de la competencia, él trató de obtener respaldo y empuje para ver si podía lograr la ayuda y el espaldarazo de la coalición de los líderes políticos de izquierda y pelear por la nominación para representar al partido de la coalición en las próximas elecciones para la Presidencia de la República. Pero, como siempre había sido en esa coalición de partidos izquierdistas; había demasiadas "componendas", intrigas personales, favores que se debían, y luchas intestinas entre sus propios miembros, líderes, y altos funcionarios que quedaban todavía vivos, que era casi imposible llegar a un acuerdo. No era fácil, con su líder muerto, obtener suficiente respaldo para qué, como unidad, respaldaran a un cierto individuo en particular; que aunque tenía todo el respaldo de la gente de izquierda del Distrito Federal, pero que en su totalidad y número dentro de la coalición, solo representarían el treinta y cinco por ciento del total de representantes y miembros de la coalición. El problema principal, era que todos y cada uno jalaba para donde le convenía y nunca llegaban a un acuerdo consensado de todos los miembros de la coalición, y que al final de cuentas los posibles candidatos a representarla individualmente, solo pudieron conseguir un total del veintisiete por ciento de los votos para ser elegidos como el candidato representante. Insuficiente, este porcentaje para obtener el respaldo y la mayoría de los votos de la coalición. Las luchas que se sostuvieron dentro del partido de la coalición fueron muy peleadas, desgastando mucho a, no solo los candidatos, sino a todos los miembros de la coalición, llegando a la conclusión que no iban a llegar a un acuerdo de unidad para que un solo candidato los representara en las elecciones venideras y que esto les diera una cierta posibilidad de ganarlas.

Cuando el señor Enrique Piedra Sobrino vio que lo que le había pasado al señor Lopiño pudiera muy fácilmente pasare a él, empezó a volverse mucho más paranoico hacia su persona y bajó tremendamente su ímpetu de promoción de su imagen y candidatura que estaba llevando a cabo. Era relativamente todavía un hombre bastante joven para terminar en la morgue, solamente por satisfacer su ego de competir por la candidatura de su partido para la presidencia del país. El siempre pensó que tenía una amplia oportunidad, no solamente de ganar y obtener la candidatura de su partido, sino también ganar las elecciones para la Presidencia del país: él se sentía muy seguro de ello. Pero había un gran impedimento casi imposible de eliminar para las elecciones finales del año que entra. La razón principal de que él fuera impedido para ganar las elecciones para la Presidencia el año que entra era: que la gente estaba cambiando. Los ciudadanos estaban ahora demandando la democracia que nunca antes habían tenido en gobiernos anteriores y de los que los habían sojuzgado a la ciudadanía en el pasado. Y para complicar aún más las cosas, la gente, los ciudadanos, estaban recordándole muy vehementemente a todos, que el partido que él representaba había gobernado México por más de setenta años con gobiernos que eran totalmente corruptos; gobiernos que no ponían ninguna atención a lo que la gente necesitaba; que ellos solo veían el propio beneficio de sus miembros y velaban por el beneficio del partido en el poder; nunca promovían o producían los cambios que eran muy necesarios y que fueran implementados para que el país, México, pudiera progresar y convertirse en una potencia mundial. Y para que la pobreza y el desempleo fuera reducido o completamente eliminado para la satisfacción y mejoramiento en todos los ciudadanos y sus asuntos y pudieran ser satisfechos y logrados, tanto como fuera posible. "La familia revolucionaria", como era llamada en el pasado, y los "Dinosaurios" habían sido los responsables y culpables de todo el movimiento retrogrado y hacia atrás, en reversa, y de que en México la agricultura, el petróleo, el gas, la gasolina, la industria, la economía, los negocios y todas esas cosas y casos que pudieran haber sido mejorados y no dejados en el olvido; o cuando menos, no haberlos dejado caer e irse hacia abajo, hacia el fondo, llevándoselos a la perdición. Ellos eran los responsables de que el país fuera sobajado hasta arrodillarlo y dar al traste tremendamente a su economía en todos sus aspectos. La gente en el gobierno que estaba en el poder, por esos setenta y más años, solo se habían enriquecido tremendamente, y favorecido a sus compadres; pero lo más trise era que, vivían y se mantenían en el poder, cuyo responsable de mantenerlos ahí, era el partidazo para el cual él pertenecía. La gente y los ciudadanos estaban, ahora, actuando, y se aseguraban que todos y cada uno de ellos, desde el individuo del más bajo nivel económico, hasta el más encumbrado hombre de negocios o líder de la industria, se concientizara de que el partido político que había mantenido al país maniatado para producir y dictar su propio progreso y beneficiar a toda su gente y a sus ciudadanos no podía ni debía ganar, bajo ninguna circunstancia, las elecciones del año entrante para la Presidencia del país. Toda la gente y los ciudadanos de todo el país, al votar, votaran por un individuo, cualquiera que éste fuera, que en realidad los representara, trabajara para ellos, los atendiera y atendiera todas esas necesidades que deberían ser atendidas por el bien del país, y de esa manera, evitar totalmente que la "familia revolucionaria" volviera al poder nuevamente.

CAPITULO VEINTE Y DOS –
Siguen más empresas;
cambios en Constitución.

Mientras toda la crónica descrita anteriormente estaba teniendo lugar, Juan Elizondo, había seguido incrementado el establecimiento de nuevas empresas, industrias, bancos, cooperativas agrícolas, construido muchas casas nuevas de diferentes tamaños en ciudades y pueblos rurales, y con todo ello, no había ningún proyecto que se hubiere empezado y que no se hubiera terminado; teniendo como resultado que la gente y los ciudadanos de esos lugares eran los que se beneficiaban con todo lo que Juan hacía. El se había propuesto visitar en el mes de Diciembre a todos sus negocios, para así darle a su gente trabajadora la seguridad de que todo estaba funcionando, y funcionando muy bien, y para comunicarles que si ellos continuaban trabajando y desarrollando su propio trabajo y enriqueciendo propias vidas, el continuaría ayudándolos y apoyándolos, para que después en sus entornos personales, pudieran disfrutar los beneficios de las percepciones obtenidas por su trabajo y ahorro logrado y que no tuvieran preocupación de que es lo que pasaría, quien los cuidaría, y cómo pasarían los últimos días de su vida cuando envejecieran. Juan quería que ellos estuvieran bien seguros de que todo lo que él les decía y prometía era cierto y que iba a suceder tal y como lo prometía; y que en el futuro no iban a necesitar pedir a ningún gobierno, ya fuera estatal o federal, que los ayudara económicamente para obtener alimentos, para su salud, o para cualquier otra cosa que en esos días futuros fueran a necesitar. Que el trabajo que ellos habían desarrollado y los ahorros que ellos habrían acumulado, iba a ser suficiente para que se sintieran seguros en los días y su época de su envejecimiento. Es por esas razones que Juan empezó a programar visitas a todos y cada uno de sus empresas y negocios el primer día de Diciembre, para poder terminar su programa un día antes del día de año nuevo. Ya que esto le daría cuatro meses completos para prepararse y para tener el suficiente tiempo para las futuras elecciones.

Juan estaba en duda de que si iba a tener suficiente tiempo de hacer todas las visitas programadas a sus negocios, pero teniendo la gente que le ayudaría a organizarlas y el siendo él una persona muy organizada, no dudaba que si podía terminar a tiempo. De ésta forma poder organizar el programa o lo que se necesitara y/o tuviera que hacer para su postulación como candidato independiente y poder competir para el puesto de la Presidencia de la República en las próximas elecciones. El cambio efectuado a la constitución que fijaba el tiempo estipulado para la campaña para algún puesto gubernamental en las elecciones se había reducido a solo cuatro meses. Estaba estipulado descansar y tomarse un mes de asueto para la organización de los programas de campaña para las elecciones de todos y cada uno de los puestos de elección popular en el primer domingo de Octubre. Septiembre era el mes en que se celebraba la Independencia de México y no debía de haber ninguna campaña de ningún candidato en ese mes. Era el mes de celebraciones joviales y participativas de toda la gente en todas las pequeñas rancherías, pueblos, ciudades, estados y, sin temor a equivocarse, en todos los rincones del país. México y todos sus ciudadanos tenían el derecho ganado de celebrar la independencia del país. Si algún candidato se le sorprendía haciendo campaña en esas fechas, éste era automáticamente y someramente descalificado de competir en las elecciones del siguiente mes. No habría ninguna excepción para nadie o para ningún candidato que estuviere compitiendo para algún puesto, cualquiera que éste fuera.

De esa forma, las campañas para las elecciones fueron establecidas para empezar en el primer día del mes de Mayo y ni un día antes. Cualquier candidato para elección popular de algún puesto de gobierno que se le sorprendiera haciendo campaña abiertamente antes del primero de Mayo, tendría la posibilidad muy firme de ser descalificado de las elecciones. Dado que ahora los mismos partidos políticos eran los responsables de agenciarse los dineros habidos honestamente para los gastos de las elecciones, como ellos pudieran, ellos mismos tenían tiempo desde el principio del año para llevar a cabo eventos para reunir dichos dineros necesarios para las campañas de sus candidatos de partido; porque en este momento, había solamente unos pocos meses antes de las elecciones y ya casi estaban en el límite del tiempo que iban a requerir. Dado que las campañas, ahora, eran bastante cortas y que el financiamiento de dichas campañas era responsabilidad de los propios partidos, y dado también que éstas eran vigiladas muy de cerca para que los dineros que entraban a las arcas de los partidos fueran honestamente habidos, y dado que los ciudadanos eran mucho más escrupulosos en su escoger y en el dar su voto a algún candidato, las elecciones eran llevadas de una manera muy bien organizada y eran también muy austeras. Casi no había, o no se presentaban problemas; o en su caso, había muy pocos, en toda la celebración de las elecciones, en las impugnaciones de los resultados, y/o problemas con los candidatos que llegaran a perder en las mismas. El tiempo de elecciones en México, ahora, era una fiesta democrática que todos, y cada uno de los ciudadanos del país, disfrutaban y muy activamente y participaban en ellas. La votación, ahora, era más del noventa por ciento de los electores registrados con derecho a voto. No había país en el mundo entero que pudiera pregonar este tipo de logro de los ciudadanos de México y de su forma democrática de seleccionar a sus representantes y oficiales gubernamentales de todos sus niveles. México, ahora, era visto como el dueño del más alto respeto y admiración por la forma en que ejercía su democracia en tiempo de elecciones.

Al momento que Juan Elizondo empezaba sus viajes para visitar todas y cada una de sus empresas y negocios que había establecido o ayudado a la gente a empezar, ya muchas de las personas involucradas en ellas, sorprendentemente no los altos ejecutivos de las mismas, sino que eran los trabajadores mismos, los que estaban empezando a comentar entre sí, que deberían de hacer algo para promover a su benefactor y empezar a pensar en que se postulara y corriera para una candidatura independiente para la Presidencia del país. Todos sus comentarios y acciones eran sostenidos a niveles de bajo perfil, para no causar problemas o expectativas del gobierno actualmente en el poder y/o la de los políticos que en el presente estaban manejándolo. Todos ellos querían hacer las cosas bien hechas y la mejor forma de lograr esto era: hacerlo casi secretamente en todas las acciones que tomaban. De esta forma, se organizó el movimiento independiente de los trabajadores del Grupo-JE para obtener el respaldo de una nominación de un candidato independiente que no fuera un político, pero que tuviera un gran conocimiento y experiencia como administrador de compañías, negocios, bancos, comunidades agrícolas, etc., etc.; pero lo que era mucho más importante, era: que la persona que entre ellos estaban pensando y que querían colocar en la oficina del Presidente de México, creían que debería ser un hombre que viera y velara por el bienestar de la gente y de todos los ciudadanos en todos los aspectos de sus vidas. Esta persona, ellos pensaban, podía colocar a México en la parte superior del ranking mundial, como una gran potencia económica y darle a los ciudadanos del país la oportunidad de progresar y obtener su satisfacción y bienestar personal, en sus trabajos, en sus familias, y en el status quo de sus propias vidas, cualesquiera que éste fuera; porque ellos mismos eran la constancia y prueba viviente de que si se podía y de que habían trabajado arduamente para lograrlo y querían tener el derecho de beneficiarse del progreso que se lograra en el país.

CAPITULO VEINTE Y TRES –
Sr. Elizondo; empieza
"La Revolución del intelecto".

Juan Elizondo era el segundo hijo de, lo que pudieran llamar una familia de la clase media baja. El otro vástago, era una hija que tendría unos cuatro cinco años más que Juan. La familia tenía un pequeño negocio de molienda de nixtamal. Negocio, donde la gente llevaba su propio nixtamal para que se los molieran o también iban a comprar nixtamal ya molido, (que el señor Elizondo papá de Juan, preparaba para los clientes que no traían el propio), como masa para hacer sus tortillas a mano. El estaba acostumbrado a trabajar haciendo los trabajos que sus padres le asignaban hacer en el molino. El era muy diligente, nunca se quejaba de algo, y siempre trataba de hacer cada trabajo que realizaba en una forma muy jovial, como si lo disfrutara bastante al hacerlo. Era muy inteligente y de una agilidad mental superior; atributos que usaba en la organización de casi todo lo que se hacía en el pequeño negocio de sus padres. Esto lo venía haciendo desde la edad de cinco o seis años. Teto y él se conocieron cuanto tenían siete años, más o menos, y se volvieron unos amigos muy cercanos y entrañables. Cualquiera que los veía pensaría que eran hermanos, o cuando menos parientes cercanos. Ambos tenían muchas confidencias entre sí, de todas sus acciones y pensamientos que desde que eran pequeños compartían. Nunca, o casi nunca, parecían que estaban en desacuerdo en algo. Siempre llegaban a un compromiso en cualquier diferencia que la vida les pusiera de prueba. Algunas veces, Teto cedía, y en otras, Juan le concedía la razón a Teto; siempre tratando de arreglar cualquier diferencia que se presentara ente ellos. Esto era muy inusual, pero esa era la forma en que Teto y Juanito, como Teto con afecto lo llamaba, resolvían sus diferencias. Después del sexto año de primaria, Juan se mudó con sus padres, de Pueblo Nuevo a los Estados Unidos. Su familia emigró para trabajar allá, solamente su hermana se quedó; puesto que se había ya casado con un buen hombre y había empezado a formar una familia y no quería ir a un lugar que ni sabía lo que podía suceder, y además, todo le iba a ser desconocido. Ella no quiso arriesgar lo que ahora tenía para irse. Además, el pequeño negocio del molino de nixtamal le proporcionaría a ella y a su esposo el modus vivendi, y así, no tener problemas económicos para sobrevivir, ya que también esperaba a su primer retoño. Aunque pensaba que nunca se haría rica con lo que sacaban ella y su esposo del pequeño negocio del molino, éste le daría lo suficiente para el sostenimiento de su incipiente familia sin tener que ir a mendigar limosna a nadie.

Los papás de Juan lo colocaron en una escuela pública en una pequeña ciudad llamada Seguin en el estado de Texas. Y desde un principio, se distinguió como un excelente y muy buen estudiante. Aprendió el idioma Inglés en menos de tres meses y a dominarlo y usarlo perfectamente en cinco. El siempre tuvo excelencia en todas sus clases y asignaturas en la escuela, y debido a eso, obtuvo una beca cuando terminó su high school con sus excelentes calificaciones a una de las universidades más prestigiadas de la Unión Americana: el Instituto Tecnológico de Massachusetts. Ahí, con su habilidad de aprender muy rápidamente, su gran agilidad mental, su extraordinaria habilidad de organización, además todas las excelentes habilidades adicionales que poseía, lo hicieron que obtuviera el título de estudiante destacado con honores en el segundo año que cursó en el MIT. Trabajó en muchos proyectos y era el líder y pionero de muchos otros; por lo que obtuvo personalmente muchas patentes y diseños para la universidad con los trabajos de investigación que hacía. Hasta le ofrecieron un trabajo en el gobierno Estadounidense en una de las ramas que se dedicaba a la investigación y desarrollo de nuevos e innovadores productos para muchas y muy variadas industrias. Pero, él nunca contempló o consideró trabajar en los Estados Unidos para siempre. El iba a obtener sus títulos y terminar sus estudios y regresar a México para ver lo que él pudiera hacer para lograr el bienestar de su gente y del mismo país.

Le tomó solo tres años para obtener su primer título. Un año después, para lograr el de la maestría y otro para su doctorado. Cuando terminó sus estudios, se estableció por sí mismo y obtuvo muchos y muy variados patentes innovadores registrados a su nombre, y de una gran variedad de diferentes industrias de los Estados Unidos. Todos esos patentes le proporcionaron cantidades exorbitantes de dinero que le permitieron desarrollar una extraordinaria y muy grande fortuna al vender sus patentes a las industrias y obteniendo las mayores cantidades que podía lograr en sus ventas ya que no tenía intención ni quería de quedarse con ellos. Todo esto lo hacía para que en su regreso a México, con esa fortuna tan grande acumulada en dólares Americanos, ver lo que él pudiera hacer para usarla para el beneficio de la gente, estableciendo empresas y negocios que les proporcionaran a ellos los fondos para que vivieran decente y cómodamente con el fruto de su trabajo en todas aquellas comunidades más necesitadas y olvidadas del país, no solo por el gobierno, sino por todo mundo, y en donde él pensaba establecer esas empresas e industrias. Al menos, esos eran sus pensamientos que tenía después de que obtuvo su último título en la universidad. Por lo tanto, ya en su vida profesional siguió inventando cosas, hasta que su fortuna se había incrementado en muchos millones de dólares; en otras palabras, se había convertido en un súper billonario, en términos Americanos.

Juan Elizondo, tal y como era Teto, también era un individuo de muy bajo de perfil. Nunca mostraba prepotencia, arrogancia, o formas que indicaran lo rico que era. El era bueno, desinteresado, de muy fácil trato en su forma de ser y/o actuar, fácilmente motivado por ideas nuevas e innovadoras, hacía amigos fácilmente, nunca usaba su poder económico contra nadie, siempre dispuesto a tender una mano amiga al necesitado, y se pensaría que era "un estuche de monerías", según versaba el dicho popular. El era una persona que uno desearía hacer y tener como amigo y estar cerca de él, para poder absorber su gran acervo de conocimientos y poderes organizacionales que poseía y mostraba al hacer las cosas. Esas habilidades lo diferenciaban como un individuo y persona muy especial. Ese era Juan Elizondo, un casi hermano de sangre de Teto. Como se mencionó anteriormente, ellos siempre estaban en contacto mutuo y discutían sus aspiraciones y su futuro y lo que ellos querían lograr, en y con sus vidas. Ahora ya sin problemas de ninguna clase y mucho menos económicos, estaban en una posición en la que se podían ambos enfocar sus acciones y a encontrar las formas, acciones, métodos, y/o procesos para cambiar a México y tratar de llevarlo por un camino mucho mejor. Querían, y su deseo era el de motivar a su gente y a todos los ciudadanos del país, a que quisieran trabajar conjuntamente o unirse en un ataque democrático intelectual y frontal en todos sentidos, para que de esa forma poder llegar a lograr el éxito.

Este era el estado de las cosas, cuando Teto le llamó a Juanito para que se uniera con él a tratar de organizar un plan de acción para lograr llevar a cabo lo que querían realizar para obtener el beneficio para el país y para sus ciudadanos. Ese fue el día en que se reunieron en el apartamiento de Teto en Polanco y empezaron a trabajar y de tratar de elaborar y redactar los planes que los llevarían hacia el logro de el cambio que querían y deseaban para México.

Desde que un comentador de la televisión empezó con un movimiento para obtener nombres de todos aquellos ciudadanos que con su identidad y número de su tarjeta de votante que se la quisieran enviar para inscribirse, se unieran a una cruzada para tratar de lograr la eliminación y corte total y de cuajo, a todos esos individuos que obtenían un lugar en cualquiera de los dos recintos legislativos, sin haber sido elegidos y/o votados por los electores. Que él, y ellos como ciudadanos, empezaran a llegar a la conclusión que aunque muy poco a poco, podían levantar la suficiente presión sobre los, "buenos para nada" legisladores y políticos en funciones, para que formularan y aprobaran leyes y/o cambiaran cualquier cosa que se requiriera cambiar, para que lo que proponían, se lograse. Esto era con el objeto de empezar una "revolución del intelecto", como éste movimiento era llamado, y como un muy particular comienzo para lograr que esos políticos empezaran a trabajar por el bien de la gente y los ciudadanos del país. Ese esfuerzo, complementado e incrementado por la gente que trabajaba en las empresas, bancos, industrias, etc., del Grupo-JE, que eran una prueba viviente de que muchas cosas se podían lograr y cambiar, si la gente se unía para proclamar su propio poder, presionando y empujando a los políticos, "huevones" y hasta cierto punto retrógrados, de trabajar y trabajar fuerte. O de otra forma, ellos se pasarían a engrosar las filas de su ostracismo y repudio general por toda la gente en todos y cada uno de los lugares púbicos que asistirían o frecuentaran en el futuro. Que si no cambiaban sus formas de actuar, ser, y comportarse, y si seguían ellos actuando con sus viejas costumbres, serían acreedores a que se les tratara como "parias" gubernamentales del sistema político. Este movimiento también promovía y respaldaba a los pocos políticos que querían y estaban tratando de hacer el bien y tratando de promulgar iniciativas para cambios que debían de hacerse en las leyes, la constitución, el gobierno, en la secretaría del trabajo, en la secretaría de educación, etc., etc. Algunos de ellos no eran sinceros en su comportamiento y actuación y solo promulgaban iniciativas para aparecer en las primeras planas del mundo político cambiante; pero éstos eran muy fácilmente identificados y rechazados por la gente y por todos los ciudadanos que fácilmente los echaban y hacían a un lado por no actuar con la verdad ni con sinceridad que se requería. Si alguna iniciativa promulgada era buena para la gente y para el bien del país, los ciudadanos la tomaban en sus manos y la empujaban a través de ambos recintos legislativos con su, ahora, nuevo poder respaldado por las masas democráticas de los ciudadanos que demandaban cambios para el bienestar de todos y del mismo país.

CAPITULO VEINTE Y CUATRO –
Unión de gente para nominar al Sr. Elizondo.

La semana antes de que Juan Elizondo empezara las visitas a sus empresas y negocios en Diciembre, los cincuenta y tres personas originales que él había escogido y designado como los líderes de los primeros negocios que habían fundado y establecido, se juntaron e hicieron una junta con él. Le dijeron que estaban escuchando rumores muy fuertes de que la gente que trabajaba en el Grupo-JE estaban muy enfocados y porfiados en empezar un movimiento dentro del mismo grupo y conglomerado de trabajadores, para promover la candidatura independiente de su benefactor principal e individuo responsable de su nueva situación de satisfacción y bienestar logrado a todos los niveles de sus vidas, para que fuera nombrado y postulado como su candidato y competir por la presidencia del país en las próximas elecciones. Juan, en la junta, ni aceptó ni rechazó la idea y/o lo que estaba sucediendo; pero si les comunicó con mucho énfasis que pensaría muy detenidamente lo que le estaban proponiendo y que al final de sus visitas haría un comunicado de una positiva aceptación y/o una declinación a dicha iniciativa de sus trabajadores. Después de la junta, en su oficina cuando estaba solo, Juan estaba muy feliz de que lo que estaba pasando era la mejor forma de que las cosas sucedieran; puesto que el mismo no era el responsable de ser el promotor de su candidatura independiente para la Presidencia de México; la gente misma, sus trabajadores, eran los que habían empezado y promovido el movimiento, independientemente de él o cualquier cosa que él hubiera hecho para empezar dicho movimiento.

Juan pudo atestiguar el cariño y afecto que le tenía la gente que trabajaba en su Grupo-JE. La gente lo veía con admiración y reverencia cuando estaba cerca de ellos. Juan apreciaba tremendamente el afecto que la gente tenía hacia su persona y lo mantenía muy dentro en su corazón. El estaba muy feliz de que podía empezar ese tipo de revolución económica para la gente pobre con la fortuna que había obtenido en los Estados Unidos con la venta de sus patentes; además, se podía congratular a sí mismo de todos los logros que ya se habían obtenido a la fecha. Compañías se habían establecido para darle trabajo a la gente; Bancos se fundaron para el beneficio de la gente y para el mejoramiento de sus vidas y sus familias; proyectos y conglomerados agrícolas se iniciaron conjuntamente con ranchos ganaderos para producir los vegetales, carne, y productos alimenticios que le dieran a la gente los beneficios de una balanceada y buena dieta en su alimentación. La gente estaba trabajando muy duro, eso no se discutía, pero eran muy bien remunerados por su trabajo, nunca se quejaban porque siempre eran tratados con justicia. La gente eran los que establecían sus propios cuerpos y grupos de supervisión dentro de sus trabajos; la gente que estaban en los puestos de esos negocios era gente buena, que trabajaban para su beneficio y el beneficio de su familia. El crimen había casi desaparecido totalmente. Los vecindarios, pueblos, y ciudades, florecieron y se convirtieron en lugares en donde la camaradería de la gente estaba a flor de piel. Las drogas, desparecieron completamente. En todo eso, lo que estaba pasando, sucedía para el beneficio y disfrute de todos. Y, lo más importante, todos estos cambios habían sido posibles debido a las iniciativas promulgadas y lo que estaba realizando Juan Elizondo y Teto. Este último, había pavimentado el camino eliminando cualquier obstrucción o piedra que hubiere estado en el camino de evitar la implementación de todos éstos movimientos democráticos y cambios en su muy querido país, México. A la fecha, Juan y Teto, estaban satisfechos con lo que estaba pasando en y con el país, sus ciudadanos, y con ellos mismos. Ahora, investigaban la forma o acciones que deberían llevar a cabo para coronar todos estos logros y obtener que éstos se inculcaran profundamente en las mentes de la gente y todos los ciudadanos para que no se desviaran, por ningún motivo, del los éxitos, del progreso, y en los logros de la democracia que se habían puesto en movimiento en la vida diaria de todos y en todo el país.

CAPITULO VEINTE Y CINCO –
Secuestro Sr. Elizondo.

Aún así, en el país existían células criminales que estaban presentes en algunas entidades al derredor de las grandes ciudades. Estas células, favorecían y se establecían en las grandes ciudades porque se podían mezclar fácilmente y desaparecer después de haber hecho una mala acción o fechoría y que hubieren ejecutado recientemente. Pero los ciudadanos, ahora, siempre estaban pendientes de este tipo de acciones y de los individuos que las perpetraban para inmediatamente reportar su existencia a las autoridades. Por lo tanto, empezaba a ser mucho más difícil cometer cualquier tipo de crimen y salirse con las suya, sin ser castigados severa y someramente.

Una cierta célula de este tipo de individuos que se hacía llamar así mismos "los facilitadores", empezaron a buscar algún individuo que sería el más representativo de estar promoviendo todos estos movimientos democráticos en el país y que fuera lo suficientemente rico para poder pedir una cuantiosa suma si era secuestrado. El nombre que salió de las investigaciones que estos tipos hicieron fue el nombre del señor Juan Elizondo. Por lo tanto, ellos empezaron a elaborar un intrincado plan para secuestrar al señor Elizondo y pedir, según la estimación de su valía, cien millones de dólares para retornarlo vivo sin causarle daño alguno. Eran solo cinco individuos y no querían incrementar el número de participantes, porque ellos pensaban que entre más participantes, más problemático iba a ser lograr y llevar a cabo el secuestro y mucho más fácil también para las autoridades cruzarse con alguno de ellos en los procesos de investigación, capturarlo, y echar todo su esfuerzo a perder. Cinco gentes era todo lo que necesitaban y dado que eran todos amigos inseparables desde que eran pequeños, casi se leían el pensamiento uno a otro, no pensaban que iban a tener ningún problema para realizar el secuestro que se proponían. Eran un grupo muy unido, al que se le auguraba el éxito del proyecto del secuestro que pensaban llevar a cabo. Además, el señor Elizondo, nunca llevaba consigo ninguna protección o en su caso, guardias o fuerza policiaca que lo protegiera o escoltara en sus idas y venidas. Casi todo el tiempo andaba solo y siempre manejaba su propio auto: un viejo VW, mejorado con una máquina nueva y todas las partes nuevas necesarias para asegurarle que no lo dejaría tirado y que lo llevaría a cualquier parte y lugar que el necesitara ir o visitar.

Nadie sabía, habían investigado, el porqué este hombre tenía tantos negocios y empresas y que solo, viajara en un viejo VW. Lo que mucha gente no sabía era que Juan siempre se comportaba como un regular y normal "Juan Pérez", ciudadano común y corriente, que no quería atraer la atención hacia su persona. Esto fue algo que levantó sospechas y preguntas dentro del grupo de "los facilitadores", dado que no tenían una sola idea de lo que este individuo en particular valía, o cuanto podían ellos lograr por su secuestro y pago de rescate. Les había llevado unos buenos tres meses de continua y diaria investigación para determinar que éste era el individuo perfecto para ser secuestrado por ellos y pedir tan alta suma por su rescate. Ellos notaron que, sin embargo, él nunca pretendía llamar la atención hacia su persona. Él era el gerente, dueño, administrador, y muchas otras cosas más, de un montón de bienes en todos los sectores del país, fueran éstos en la industria, educación, comercio, banca, agricultura, etc., etc. Por lo tanto, ellos empezaron a elaborar el plan para el secuestro del señor Elizondo y querían llevar a cabo el acto antes del año nuevo. Todavía no sabían ni habían pensado que hacer con el dinero que iban a pedir de rescate, pero dado que era una gran cantidad, los podía dejar muy bien parados y seguros económicamente para el resto de sus vidas y la de sus descendientes futuros.

Nadie tenía idea de lo que iba a pasarle al señor Elizondo en ese fatídico día y mal afortunada mañanita del diez y siete de Diciembre en la pequeña aldea de Ariopucuato en el estado de Michoacán, en el camino que Juan Elizondo tomó para ir a visitar una de sus propiedades. Había visitado la ciudad de

Sitácuaro el día anterior y había también planeado pasar unas tres horas en Ariopucuato con la gente del negocio que ahí tenía. La gente había establecido con la ayuda del señor Elizondo, un negocio de nopales tiernitos procesados, empacados y vendidos para exportación hacia los Estados Unidos y Japón principalmente. Este era un negocio pequeño, pero muy lucrativo para la gente que laboraba en él o en su entorno y lo era también para sus administradores. Ellos sabían que el señor Elizondo estaría en la puerta de su negocio a las ocho de la mañana en punto. A Juan no le gustaba llegar tarde a ninguno de sus compromisos y más aún, si habían sido planeados con anterioridad. Iba a estar por dos horas y después iría a la pequeña aldea de Angarito, que estaba a pocos kilómetros de distancia, para visitar un negocio de puercos que había financiado y establecido ahí. Para las visitas a sus negocios en el estado de Michoacán, había seleccionado a uno de sus administradores para que lo acompañara y le fuera dando los por menores y relatando la información sobre los negocios que iban visitando y los logros que cada uno habían realizado en el año que ya terminaba. Usualmente, lo que el Sr. Elizondo hacía en sus visitas a los negocios, era pasear por todas las áreas de trabajo, conocer y hablar con la gente y saludarlos de mano y darles palabras de aliento para que continuaran creciendo, no solo en el negocio, sino también en su vida y economía personal con el trabajo que estaban realizando. Después reunía a todo el personal y les daba un saludo y agradecimiento propio, deseándoles que tuvieran una muy Feliz Navidad y un Año Nuevo que solo les trajera éxitos y prosperidad. Esto era más o menos la rutina que el señor Elizondo realizaba en la visita a cada negocio.

Las ocho quince y nada; ni una palabra del señor Elizondo. Así es que, la gente del pequeño negocio empezó a preocuparse de que algo malo le debería haber sucedido en el camino hacia la planta. Lo que ellos no sabían era que a las siete y cuarenta y cinco minutos, el secuestro del señor Elizondo se ejecutó a la perfección. Se lo habían llevado en helicóptero a una casa de seguridad muchos, muchos kilómetros de distancia del lugar donde el secuestro se había llevado a cabo. La gente del grupo que habían cometido el crimen, eran criminales; si, pero no eran asesinos. Ellos no tenían intención alguna de matar o causarle daño al señor Elizondo, después de todo, la información que habían recopilado les indicaba que era un buen hombre que había hecho y seguía haciendo mucho bien para todas las personas y para el mismo país; y aunque iban a solicitar un gran rescate para soltarlo, esto no significaba que perjudicarían o lastimarían su persona. Esto ya se lo habían decidido, prometido, y acordado entre los cinco participantes del secuestro. Por lo tanto, tan luego recibieran el rescate lo iban a dejar suelto, sin dañarlo, para que continuara haciendo el bien por y para el país, aunque significara la muerte de algún miembro del grupo; esta fue su promesa y consigna que acordaron todos ellos.

A Juan le taparon con un pañuelo los ojos y rápidamente lo subieron al helicóptero que piloteaba José, uno de los cinco que era el chofer y también piloto, que había volado helicópteros en los campos de siembra esparciendo insecticidas. Dos de los que perpetraron el secuestro, el piloto, y el señor Elizondo, volaron a un pequeño pueblo en el estado de Hidalgo hacia las montañas a una casa de rancho, que estaba muy separada del bullicio de la ciudad y de paseantes que los hubieren puesto en peligro o haber descubierto sus movimientos. Dado que era cerca del medio día, no hubo movimientos sospechosos en los pueblos ni casas circundantes, porque la casa-rancho de seguridad estaba de dos a tres kilómetros de distancia de cualquier otro rancho o construcción en donde hubiere podido haber gente viviendo. Los vuelos de helicóptero eran frecuentes en esa área en particular porque era la vía aérea entre Pachuca y Puebla; y por lo tanto, nadie sospecharía de un helicóptero volando en los cielos. La casa-rancho fue seleccionada con un mes de anticipación antes del día del secuestro, y estaban seguros de que era un área remota que no levantaría sospechas de ningún tipo. Los otros dos individuos que participaron en el secuestro regresaron manejando hasta la ubicación de la casa-rancho de seguridad. Les tomó casi todo el día y llegaron cuando ya casi el sol estaba ocultándose tras las montañas. Ellos habían atado y habían colocado un pañuelo en los ojos del acompañante del señor Elizondo, para que no los viera y pudiera identificar sus caras, y por supuesto, también se abstuvieron de hablar y se comunicaban por medio de señas, palabras, y frases cortas. No querían dejar una clara impresión de sus voces, para prevenir que fueren identificados de esa forma en el futuro. También dejaron una nota con el compañero de Juan, en la cual comunicaban su petición de rescate y la cantidad que solicitaban. Decía que querían cien millones de dólares en billetes de bajas denominaciones y que no fueran nuevos ni seriados y que ya estuvieran usados. Especificaban en su nota,

128

que ellos se pondrían en contacto por medio de un anuncio en personales del periódico Excélsior de la Ciudad de México el día veinte y tres de Diciembre. El anuncio sería muy inconspicuo y no revelaría nada a alguien que lo leyera y no estuviera relacionado con los hechos; pero que ahí se les daría un número telefónico al que deberían llamar para obtener instrucciones posteriores. El número sería de un teléfono celular pre-pagado qué no podía ser intervenido o interceptado. Y se prepararon a esperar en la casa-rancho el desarrollo de los eventos que pasarían por el secuestro del señor Elizondo.

Las noticias del secuestro del señor Juan Elizondo fue manejado muy sigilosamente por las personas responsables del Grupo-JE. Sus cincuenta y tres administradores originales no querían hacer mucho ruido con el secuestro, y mucho menos querían que información de su vida privada saliera a la luz con los eventos o en las investigaciones que pudieran llevarse a cabo. El señor Elizondo era una persona muy reservada en su vida privada y querían que nada del secuestro saliera a la luz pública o ni siquiera se sospechara sobre el hecho, porque estaban seguros que el señor Elizondo así lo desearía. A la primera persona que contactaron fue a Teto y él se consternó tremendamente con las noticias y el evento del secuestro. Tuvo una junta personal con todos los administradores y les aseguró que él se ocuparía personalmente de todos los procedimientos e investigaciones y que no discutieran nada con la policía ni la invitaran o involucraran en la investigación. La investigación iba a ser llevada a cabo por Teto únicamente y algunos de los colaboradores más cercanos al señor Elizondo y sus negocios. Eran nueve y con Teto, llegaban a diez el número de personas que se involucrarían directamente en la investigación y pesquisas para encontrar al señor Elizondo.

Teto empezó a conducir la investigación usando también para estos menesteres sus disfraces, para que no lo fueran a identificar de alguna forma. Él principió en el lugar de los hechos, donde había sido secuestrado Juan Elizondo y empezó a entrevistar a su compañero de viaje para obtener algún indicio que le pudiera dar, tan pequeño como fuera, algo lo pudiera ayudar. Trabajaría en esos indicios para ver si podía identificar el lugar hacia donde hubieren podido haberse llevado a su amigo Juan. Esto era la guerra, y Teto se comportaba como lo hacía en sus salidas y excursiones de las acciones que llevaba a cabo con los Marines en contra del Viet Cong. También empezó a investigar todas las posibles personas que hubieren podido ver algo o haber visto el auto que interceptó el VW del señor Elizondo y/o haber visto el tipo de helicóptero que los perpetradores usaron para llevarse a su amigo a algún lugar distante. Esto era indispensable, porque no tenía noción de a qué lugar lejano se lo podían haber llevado. Puesto que un helicóptero fue usado para su traslado, los secuestradores pudieron habérselo llevado a cualquier parte del país. Si obtenía alguna pista, con ella y de esa forma, empezar a colocar todos los indicios y pruebas recabadas, conectándolas unas a otras para llegar a alguna conclusión del lugar hacia donde lo pudieron haber trasladado, y de esa forma llegar a resolver el acertijo.

Un niño pequeño, de los lugareños que parecía bastante inteligente y familiarizado con todos los modelos de autos y sus marcas y que podía nombrar casi a todos los modelos de las compañías fabricantes de automóviles, le dijo que el auto que él creía que había perpetrado la acción de bloquear el paso del auto del señor Elizondo y posteriormente llevar a cabo el secuestro, era un Nissan Sentra blanco, con placas de un estado cerca de Ciudad de México. Le dijo que no pudo identificar todas las letras del estado de donde era el auto, pero estaba seguro que el nombre empezaba con una "H". Tampoco memorizó los números de las placas, porque solo vio al auto de pasada, pero estaba muy seguro que llevaba dos hombres dentro. Eso fue todo lo que Teto pudo sacarle al niño como información sobre el auto que se suponía fue usado para el secuestro, pero pensó que era suficiente para comenzar. Entonces se enfocó en obtener información de todos los caminos y carreteras que pasaban cerca y en la periferia de la Ciudad de México; pues asumió que los individuos pensarían que sería muy peligroso cruzar la ciudad y llamar la atención.

Disfrazado como siempre, para no llamar la atención o ser reconocido si lo volvieran a ver, Teto empezó sus investigaciones en las casetas de pago de las autopistas que circundaban la ciudad capital, soltando dinero a diestra y siniestra a la gente adecuada, para poder lograr obtener la mejor y mayor información posible. Después de un día completo de entrevistar y hablar con la gente que pudiere haber visto al Sentra blanco con una placa del estado de Hidalgo, pues asumió que de ese estado era la placa, ya que empezaba con la letra "H". Finalmente, obtuvo una muy buena información que le dio un hombre de cómo cincuenta años, que se mostraba renuente en un principio, de aceptar el dinero que Teto le estaba ofreciendo. Para atenuar un poco su renuencia a dar información, le dijo que él estaba buscando a esos dos hombres para llevarlos a la justicia para que pagaran por las fechorías que habían cometido con una viejecita viuda. La habían robado de todo el dinero y fortuna que tenía guardada en su casa para su sostenimiento en sus últimos años de vida que le quedaban. La habían hasta golpeado, para que no reportara el robo y para que los presuntos pudieran escapar libres como pájaros volando. Que él no se preocupara, porque él era un investigador privado y cuando recuperara el dinero robado, le pagarían sus servicios y los gastos efectuados en la investigación. Con las explicaciones dadas, el hombre le proporcionó todos los datos completos, letras y números, de la placa del auto y le dijo que habían tomado el camino que se dirigía a las montañas del estado de Hidalgo. Que probablemente iban a alguna casa-rancho, de las que estaban localizadas en las montañas en las partes apartadas del estado y que nadie frecuentaba o visitaba. Que probablemente sería algo difícil para el señor José Pérez, como Teto le dijo que se llamaba, encontrarlos. Lo que el hombre no sabía era que Teto tenía todas las ventajas de los Mapas de Google a tiempo real, que le darían ubicaciones exactas de todas las casas-rancho en los alrededores o cerca de las montañas en el estado de Hidalgo.

Así, con esa información, se avocó a investigar primero la ubicación más probable de las casas donde los perpetradores pudieran haber llevado a su rehén, Juan Elizondo. Cuando los encontrara, haría un plan para determinar cómo iba a salvar a su amigo de sus captores. El no sabía qué tipo de acción los secuestradores tenían preparada para Juan. ¿Lo iban a matar? ¿Lo harían de la forma más rápida posible? ¿Lo torturarían? ¿O lo matarían después de obtener el dinero del rescate y harían desaparecer su cuerpo para que ni rastro del señor Elizondo fuera hallado? También podían cortar su cuerpo en pequeños pedacitos y alimentar con ellos a los pescados, o dárselos a los coyotes hambrientos que había en las cercanías, para no dejar traza de él. Si algo quedaba, lo podían quemar y convertir sus restos en cenizas o disolverlos en ácido. Por lo tanto, Teto tenía un gran dilema y dedujo que tenía que actuar rápidamente para poder salvar a su amigo y traerlo de nuevo a la civilización para que pidiera continuar su excelente trabajo que hasta la fecha había realizado. Teto realmente no conocía las razones que habían empujado a estos individuos a hacer lo que habían hecho, pero asumió tratando de adivinar, que solo habían realizado el secuestro por el dinero que pudieran recibir por el rescate para poder, posteriormente, vivir una vida fácil y sin problemas económicos para ellos, sus familias, y sus descendientes. Encontró cinco casas-rancho que parecían poder tener una buena ubicación para poner a una persona secuestrada y mantenerla ahí, sin que nadie siquiera se percatara de los movimientos o planes que los individuos que la habitaban tenían en mente; por lo que empezó a investigar cada una de ellas. Puesto que estaban bastante apartadas y aisladas varios kilómetros de distancia unas de otras y también de cualquier otra construcción o habitante cercano. Las casas-rancho tenían un solo camino de entrada y de salida. Ese camino era la única senda de entrada y salida que conducía a cada una de las casas-rancho. Esta situación incrementaba la dificultad de acercarse a las casas-rancho sin que de ellas se notara su proceder; pero Teto había tenido mucho entrenamiento e infinidad de experiencias cuando andaba en los territorios apartados del Viet Cong. Por lo tanto, fue relativamente fácil para él espiar de cerca, a menos de cien metros, de cada una de las edificaciones. De esa forma, el estaba seguro de constatar cualquier movimiento o de algo que le indicara si los que habían perpetrado el secuestro habitaban dicha edificación. Teto era especialista en disfrazarse, para no ser reconocido fácilmente en sus andanzas, pero en una ocasión, casi fue descubierto por un perro que no hizo ruido alguno hasta que solo estaba unos cuantos pasos de él. Teto había tomado la precaución de llevar preparada una pistola de aire que disparaba dardos con un somnífero muy potente para poner a dormir a cualquier persona o animal en cuestión de segundos, dicha pistola la traía consigo y preparada para cualquier eventualidad. Eso fue lo que le ayudó y evitó que fuera detectado o descubierto por el animal. Durmió al perro y recuperó posteriormente el dardo que usó para hacerlo. Pero esta fue una llamada de atención para que todavía incrementara aún más sus precauciones. Esto le sucedió en la segunda casa que visitaba. En la tercera, no había movimiento de ningún tipo y parecía que estaba abandonada desde hacía ya bastante tiempo; por lo que, Teto se dirigió a la cuarta casa que había en su lista de los mapas de Google. La casa-rancho tenía una presa en su parte trasera y desde el principio que iba acercándose a ella, su corazón empezó a latir más y más rápidamente, porque había divisado un par de sujetos con cañas de pescar en la orilla de la presa. Dado que no se habían percatado de su presencia o de que alguien los estuviera oyendo u observando, estaban hablando fuerte, sin ninguna precaución o preocupación en el mundo. Sus voces eran fuertes, por lo que Teto oyó que estaban discutiendo lo que iban a hacer con el dinero que obtendrían por el rescate. También discutían el país al que se mudarían con el dinero para vivir una vida fácil y sin preocupaciones de lo que el futuro les trajera, ya que las cantidades de dinero a repartir para cada uno serían muy cuantiosas. Debido a estos sucesos, Teto asumió que había encontrado el lugar correcto en donde deberían de haber puesto a su amigo Juan después de su secuestro. Habían pasado solo dos días desde que habían secuestrado a Juan Elizondo en el camino a visitar su negocio en el estado de Michoacán y Teto se congratuló a sí mismo de que su entrenamiento militar y experiencia de casos similares, le habían ayudado a encontrar el escondite de los secuestradores tan rápidamente y de esa forma, poder salvar a su amigo Juan y acabar con los secuestradores.

Teto había llevado su rifle de alta precisión y de calibre pequeño, pero muy efectivo, que también contaba con un silenciador que solo hacía un ligero ruido cuando era disparado. Esperó pacientemente hasta que uno de los sujetos le dijo a su amigo que iba a echarse una "miadita", pero que había también tomado la precaución de haberse llevado un rollo de papel por si necesitaba echarse también una "zurradita". Teto esperó a que el sujeto estuviera lo bastante lejos de su compañero y dentro del bosquecito, para no llamar la atención. Cuando estuvo seguro de no ser escuchado, esperó a que el sujeto se bajara los pantalones para "zurrar", y le disparó directo al corazón cayendo hacia adelante totalmente muerto. Lo había pescado como "Al Tigre de Santa Julia", cagando. Teto tenía que regresar para liquidar al otro individuo que estaba pescando todavía en la orilla de la presa. La presa estaba sombreada por los árboles del bosque cercano, evitando que hubiera mucha visibilidad desde la casa, por lo que sin ser detectado y antes de que otra cosa pasara, le disparó al otro sujeto por la parte de atrás, atravesando su espalda y corazón con el trayecto de la bala. También cayó hacia adelante con su cabeza dentro del agua de la presa. Teto se apresuró y tomó a ambos sujetos y los escondió a la entrada del bosquecito, evitando y previniendo que alguien de dentro de la casa pudiera ver algo sospechoso. Posteriormente, se acercó a la casa-rancho y se percató de que había otro sujeto dentro de la casa leyendo el periódico, pero no había rastro de los otros dos; pues sabía perfectamente por la información obtenida, que eran cinco sujetos los que perpetraron el secuestro del señor Juan Elizondo; pero no encontró ni vio signos de los otros dos. Era probable que se hubieran salido a comprar víveres para ellos mismos y para el individuo que tenían secuestrado y/o haciendo cualquier otra cosa para llevar a cabo la recolección del dinero del rescate que habían demandado. También liquidó a este hombre con un disparo certero, al igual que los otros dos y llevó a los tres cuerpos para dentro de la casa antes de ver si su amigo Juan estaba bien. Es casi imposible comprender o describir la cara de felicidad de Juan Elizondo, cuando vio a su amigo Teto enfrente de él, cuando le quitó la venda de los ojos. Después le corto la cinta gris que aprisionaba sus manos, piernas y tobillos, antes de quitarle la que cubría su boca. Las primeras palabras de Juan para su amigo Teto fueron: "¿Que jijos de la chingada estás haciendo tú aquí"? A lo que Teto le contestó: "He venido a rescatar a mi amigo y hermano que había sido secuestrado por hombres malos". Después colocó los cuerpos de los tres sujetos boca arriba en el centro del cuarto principal de la casa y se sentó en la mesa a escribir una nota, la cual decía: "Considérense bastante suertudos y afortunados por el no haber estado aquí, porque hubieran estado muertos como sus amigos en el centro del cuarto. No traten de buscar nada, hacer nada, o investigar, porque de la misma forma que encontré su escondite, los encontraré para matarlos, estén bien seguros de eso. No traten de contactar o hacer algún daño al señor Juan Elizondo, porque también sería lo último que harían en la vida. El no tuvo nada que ver con lo que ha pasado aquí. El es un amigo muy cercano y querido, y un hombre muy bueno, que ustedes secuestraron; él no le ha hecho mal a nadie, y lo único que ha hecho es hacer el bien para México y toda su gente, especialmente para la gente pobre y de escasos recursos; no permitiré que nada ni nadie lo lastime o que le pase algo malo. Estaré vigilando a que regresen para ver sus caras completamente y poderlos identificar plenamente, por si no atienden mis sugerencias. Estén muy y bien seguros que los mataré". Teto pensó que si los otros dos todavía querían seguir viviendo, tomarían su sugerencia y ellos solos desaparecerían. No tendrían ni idea de lo que había sucedido o como es que fueron hallados tan rápidamente, pero que si apreciaban su vida, tomarían la sugerencia escrita en la nota de papel arriba de los tres cuerpos de sus amigos.

Teto hizo lo que había escrito en el papel para poder identificar claramente a los otros dos sujetos por si no tomaban en serio la oportunidad que les estaba dando y cumplir la promese de matarlos en la primera oportunidad de tuviera. Juan, mientras esperaba con Teto, estaba muy sorprendido y asombrado de las habilidades que Teto había demostrado en localizar el lugar, matar a tres de los perpetradores del secuestro, rescatarlo, y dejar la nota con las amenazas que asustarían tremendamente a los otros dos sujetos restantes del grupo, causándoles mucho temor y empujándolos inmediatamente a irse al país más cercano que pudieran y olvidarse totalmente de todo. Teto le dijo a Juanito: "Mi muy querido amigo y hermano de sangre, eso era en lo que yo me especializaba y lo que hacía cuando era soldado militar con los Marines en el ejército de Estados Unidos. Me entrenaron muy bien y me convertí en ser muy eficiente en el desempeño de lo que hacía, hasta que terminé mi trabajo y compromiso con ellos. No estoy muy orgulloso de lo que realizaba, pero era mi deber; además, nunca mate o eliminé a ninguna persona que fuera buena, honesta o que no necesitara ser muerta. Siempre he eliminado a gente mala, canallas, bandidos, y a todos esos individuos que necesitaban ser muertos para que no causaran más daño o a esos que se necesitaba desparecer para que la gente buena trabajara, prosperara y fuera feliz". Juan Elizondo se conmovió tremendamente por lo que le dijo su amigo y hermano Teto; era la primera vez en que había hablado a cerca de su trabajo y acciones y de lo que había hecho cuando estuvo en lo militar con los Marines.

Después de que vieron las caras de los otros dos sujetos cuando llegaron ellos a la casa-rancho, empezaron la larga caminata hacia donde Teto había escondido una motocicleta. Salieron del bosque al lugar seguro donde también había dejado escondida su pick-up rentada y que era un lugar bastante inconspicuo y que no llamaba la atención o alarma de nadie. La noche los sorprendió en el camino, antes de que llegaran al apartamiento de Polanco. Ambos tomaron una ducha caliente y pidieron una buena cena para comer y se fueron a dormir plácidamente, como si no hubiera pasado nada. Teto estaba feliz y muy satisfecho de haber logrado lo se había propuesto y por lo que había hecho, que era el salvar a Juan de sus captores. También Juan estaba feliz de estar con vida y de regreso para trabajar en todo lo que debía continuar haciendo y que había dejado pendiente: que eran sus visitas a las empresas y negocios del Grupo-JE.

Este problema solo lo había retrasado un poco, perdiendo tres días de trabajo y visitas, pero la vida tenía que continuar para ambos y necesitaban recuperar el tiempo que se había perdido por esta contingencia.

Cuando los otros dos sujetos regresaron a la casa-rancho, al ir acercándose, empezaron a sentir la carne de gallina y un mal presentimiento de que algo no iba bien. No veían movimiento dentro o fuera de la casa y por lo tanto, se fueron acercando poco a poco para determinar que había pasado. Cuando abrieron la puerta principal y llegaron al cuarto de estar, en el centro de la casa, entraron en shock cuando vieron los tres cuerpos de sus camaradas colocados en mitad del cuarto unos arriba de los otros. Los tres muertos por solo un disparo que atravesó certeramente sus corazones. No comprendían lo que había pasado y cómo en tan corto tiempo había alguien encontrado su escondite y fue entonces que vieron la hoja de papel blanco que estaba colocada arriba de los cuerpos de sus amigos en el centro del cuarto. Ambos juntaron sus cabezas y empezaron a leer lo que estaba escrito en el papel. No podían creer a sus ojos de lo que estaban leyendo y empezaron a temblar impulsivamente y sin control; se asustaron muchísimo, porque sus piernas no obedecían a sostenerlos en pie, casi cayendo al piso. Llegaron a la conclusión que habían secuestrado a una persona muy especial que también tenía un amigo o amigos muy especiales, que solo les había llevado dos días para encontrar su escondite a donde habían llevado a la persona que habían secuestrado, aun que habían tomado todas las precauciones y providencias para no ser detectados por nadie. Estaban tan seguros de haber realizado un secuestro perfecto y un escape limpio y sin contratiempos. ¿Cómo era que los habían encontrado tan rápido? No lo podían creer. Tomaron la nota muy en serio y juraron seguir las recomendaciones que les hacían en la nota. Se iban a ir primero a Cuba y de ahí pensarían que harían después; pero consideraban que sus vidas no valían un centavo partido por la mitad, si se quedaban en México. Ellos tenían que irse tan lejos como fuera posible y nunca más pensar en volver a tener algo que ver con el señor Juan Elizondo o alguien cercano a él. Ellos nunca tuvieron problemas con él, ya que siempre siguió sus indicaciones al pie de la letra y nunca trató de hacer algo que pusiera en riesgo el bienestar de ellos mientras estuvo cautivo. Pensaron que él no podía identificar a ninguno de ellos, ya que usaron máscaras cuando llevaron a cabo el secuestro y tampoco hablaron; pero la persona que había escrito la nota, mencionó muy claramente que iba a esperar a que regresaran, para poderlos identificar plenamente y si no atendían sus sugerencias, los iba a encontrar después y los iba a matar, si era necesario. Por lo tanto, no pararon mucho en pensar, solo en enterrar a sus camaradas y "poner pies en polvorosa", tan rápido como les fuera posible fuera del país y perderse definitivamente y para siempre de México, ya que no querían terminar como sus otros tres camaradas.

CAPITULO VEINTE Y SEIS –
Cambios en ciudadanos y gobiernos.

Los cárteles de la droga y todos los problemas que ellos ocasionan, habían sido desinflados poco a poco y casi habían desparecido. Con la gente de México y sus ciudadanos haciéndose mucho más conscientes de denunciar cualquier cosa que ellos vieran que estaba mal o que fuera criminal, ahora, era muy fácil combatir con la policía local, la policía estatal, la policía federal o con el ejército, actuando y suprimiendo los ataques y acciones criminales, fueran éstos de los cárteles o de sus células aún activas en algunas partes del país. El gobierno federal estableció un programa muy positivo con muy buenos incentivos para la gente que denunciara actos criminales, actividades ilícitas de los cárteles, y todos aquellos de sus células. Aunado a esto, promovieron que todos los ciudadanos reportaran inmediatamente cuando vieran algo mal hecho o cualquier actividad que pareciera sospechosa o criminal. Y por lo tanto, todas las fuerzas policiacas y el ejército se unían en su esfuerzo para obliterar y aniquilar todas esas actividades cancerosas. El gobierno federal también estableció un excelente programa de incentivos para todos los brazos ejecutores de las policías y del ejército; especialmente para los individuos que actuaban y están trabajando en el combate y la prevención de esas actividades ilícitas y criminales, y ayudando a prevenir y evitar que toda esa gente se saliera con la suya y de que no fueran castigados por sus torcidas actividades. También el gobierno federal estableció un programa de recompensas cuantiosas para cualquier ciudadano que proporcionara información de inteligencia que pudiera usarse para instrumentar planes para el combate y erradicación de las drogas y los cárteles, así como sus miembros y células en todo el país. Inmediatamente que una persona, individuo o miembro de esos grupos criminales era positivamente y definitivamente identificado, esa persona era muerta, desaparecida, o completamente borrada de la faz de la tierra. No había piedad en ese aspecto. Los criminales y sus cárteles empezaron a ver desde el principio de todos estos programas establecidos por el gobierno federal, que su trabajo y modus vivendi estaba siendo amenazado y poco a poco eliminado. La mejor parte era que el Presidente de la República designó a una persona muy especial para organizar, supervisar, dirigir, y poner en operación todos los programas mencionados. Pero lo más importante, era que los hiciera eficientes y efectivos, para que la gente y los ciudadanos, fueran estos de las policías o fuerzas armadas o cualquier civil, se les premiara con todos los incentivos que se habían hecho acreedores por la información proporcionada. Por esto, toda la gente en el país empezó a creer en los programas y que éstos eran una realidad, efectivos, eficientes, y realmente era que debido a ellos, la guerra en contra de todos éstos criminales se iba ganando. Conforme el tiempo pasaba, todos o casi todos, estos criminales empezaron a huir o irse a otros países del mundo que les permitieran desempeñar sus actividades delictivas. Pero que en México y en todo su territorio, ahora, había sido muy restringida su actividad y puesto en alerta a todo mundo para que no se les permitiera el lujo de poder actuar y llevar a cabo sus actividades criminales. Todos aquellos criminales que se quedaron en el país y que fueron identificados, borrados, o desparecidos totalmente y sin misericordia, y sin llegar a saber dónde habían quedado sus restos, puesto que a nadie le importaba.

CAPITULO VEINTE Y SIETE –
Adoptar formas administrativas.

El secuestro de Juan y su calvario, lo habían retrasado cuando menos tres días en las visitas a sus empresas; pero él pensó que podía recuperar el tiempo perdido planeando visitar adicionalmente a varios de sus negocios en cada día que se había programado inicialmente. Antes de que pudiera empezar, juntó a todos sus administradores cercanos del Grupo-JE para decirles claramente lo que le había sucedido, pidiéndoles que no divulgaran nada de los que les había comentado. Esta era la forma en que Juan actuaba, de muy bajo perfil e inconspicuo. Pero como siempre sucede, información de lo que le había pasado salió a la luz, no como una información alarmante, solo como algo que había pasado y que fue resuelto de la mejor forma posible. La razón del porqué la información salió, fue de que la gente del Grupo-JE estaban acostumbrados a ver a su Presidente, CEO, y amigo, todas las veces que el prometía hacer una visita a algún lugar, el llegar y estar en ese lugar a tiempo, como si fuera con reloj en mano. Juan nunca había faltado o había llegado tarde a ninguno de sus compromisos, especialmente en esta época del año; por lo tanto, la gente empezó a preguntarse: ¿Qué fue lo que realmente le había pasado a Juan Elizondo?, ¿Porqué se había retrasado tanto en dichas citas y visitas que había programado con todos ellos para esos días? Como siempre pasa, los rumores empezaron a brotar, y para aquietar las expectativas y preocupaciones de su gente, sus empleados y a los trabajadores de sus empresas, Juan les pidió a sus administradores que les dieran un resumen escueto de lo que le aconteció y que les informaran que ya estaba en condiciones de reanudar sus visitas a las empresas faltantes. Que probablemente fuera a haber algunos cambios, pero que estuvieran preparados y que se les avisaría para que se prepararan para la visita de su empresa cuando a esta le tocara y que por favor no se preocuparan ya por nada.

Juan Elizondo continuó sus visitas planeadas a los negocios del Grupo-JE, siempre teniendo una palabra o frase de aliento, felicitaciones, y alabanza para toda la gente con la que se encontraba en cada una de sus visitas. La gente a él también le respondía siempre con sus calurosos y cordiales sentimientos. Entre más progresaba en sus visitas planeadas, más cuchicheos y comentarios entre su gente de que lo postularan como un candidato independiente para las elecciones del año entrante. Juan ni favorecía ni descartaba la idea. Solo humilde y pacientemente oía todos los comentarios que la gente le hacía en cada visita que realizaba. Y su único comentario y respuesta era que les hacía era: "Ya veremos cuando el tiempo llegue", y nada más salía de su boca. Juan no quería empezar a hacer olas en el sistema político actual, para no alarmar y empezar algo que harían mucho más difíciles los planes que Teto y él habían hecho ese primera vez que se reunieron en el apartamiento de Polanco. Pero estaba muy feliz que él no era el que instigaba y promovía la candidatura, ya que era la propia gente la que lo hacía.

En el presente, el número aproximado de empleados en las empresas y negocios de Juan eran más de sesenta mil. Si se incluía a sus proveedores, familias y gente que estaban de algún modo u otro asociadas o vinculadas con las empresas del Grupo-JE ya fuera en: producción, proveeduría y/o comprando y vendiendo los productos que las compañías ponían en el mercado, se pudiera especular, que el total de la gente involucrada pudiera ser más de un millón de personas. Juan pensó que cuando el tiempo llegara, si cada persona asociada con el Grupo-JE reclutara de dos a cinco gentes que no pertenecieran al grupo, explicándoles de lo que comprendía su trabajo, sobre la empresa donde laboraban, de la prosperidad que se estaba generando, del mejoramiento de sus vidas y sus comunidades; la gente contactada, de esa forma llegaría a la conclusión y vería con sus propios ojos el progreso, riqueza, satisfacción, y mejoras que el Grupo-JE había logrado y realizado para todos los involucrados, sin explotarlos o hacerlos trabajar por salarios miserables. Todas esas gentes podían corroborar que lo que los trabajadores del Grupo-JE les estaban diciendo era una realidad y estarían empezando a creer que el hombre a cargo de todo éste conglomerado de negocios y empresas era un individuo honesto, trabajador, humilde, considerado, organizado, planeador efectivo, motivador, filántropo, etc., etc.. Una persona que siempre velaría primero por el beneficio del trabajador y su gente, antes de ver el propio. A ellos se les diría, y comentaría para que se enteraran por ellos mismos de todo el bien que este personaje en particular había hecho, no solo para la gente y sus familias y ciudadanos de las comunidades donde tenía negocios, sino lo que también había hecho por el país en todas las comunidades y territorios en donde tenía propiedades. ¿Qué pasaría si fuera votado para ocupar la oficina de Presidente de México como candidato independiente, promovido por la gente y los ciudadanos del país? Siendo un experto organizador, planificador, y juzgador de gente, él podría integrar y colocar en los altos puestos gubernamentales y en los de las Secretarías de Estado, a la mejor gente; para que ésta, hiciera el trabajo correcto, aboliera la corrupción, promoviera la industria, promoviera la infraestructura de caminos y carreteras, estableciera plantas productoras en todos los sectores para que le dieran al país el empuje que necesita para que su gente salga de la pobreza, de su atraso educativo, de la inactividad política y todas esas cosas estancadas y malas que casi todo mundo en el pasado era responsable de condonar. Había que hacer todas esas cosas que se sabía que eran necesarias de llevarse a cabo o cambiarse, pero que debido a la inactividad política, que debido al marasmo y pasividad de los gobiernos pasados, que se encontraba enquistada en muchas partes, y que era auspiciada por muchos políticos y personas en general, nada de lo que se debería hacerse había sido cristalizado. Se necesitaba una persona que enfocara las acciones correctas y poner planes en operación para empezar una gran ola participativa de toda la gente y de todos los ciudadanos del país para cambiar a México y efectuar un mejoramiento en todos aspectos. Muchos creían que esa persona podía ser el señor Juan Elizondo.

Estas eran las cosas que eran discutidas actualmente por casi toda la gente que trabajaba en el Grupo-JE. Ellos también comunicaban esas mismas ideas y conceptos a la gente que no estaba asociada en ninguna forma con el Grupo-JE; pero que podía ver, palpar, y que en realidad también eran beneficiados y disfrutaban de la prosperidad y riqueza que las comunidades en donde había empresas del Grupo-JE. La recepción de las ideas era rápida y fácilmente aceptada por toda esa gente; y mucha de ella, además de otras más, se adherían al ahora nombrado movimiento: "Juan Elizondo para Presidente como candidato Independiente". El movimiento empezó a crecer y a volverse una gran bola de nieve en caída libre desde la mitad del mes de Enero.

CAPITULO VEINTE Y OCHO –
Mejoramiento indicadores;
nueva laboriosidad de políticos.

Este año era el primero en que todos los indicadores financieros, económicos, e industriales, se habían colocado en los lugares muy positivos, jamás logrados. El Producto Interno Bruto, por primera vez en la historia, había sido el más alto; y el indicador de desempleo también se redujo, llegando a niveles insignificantes. Se había obtenido una prosperidad en el país que nunca antes sentida por la gente común y corriente y en todos sus niveles, principalmente en sus bolsillos. La satisfacción que el país sentía y percibía, estaba caminando en la dirección correcta, con la promesa que continuaría mejorando aún más. De esa forma, así lo mostraban todos los indicadores, corroborando que si se había logrado progreso y bienestar en todo el país. Hasta los políticos empezaron a trabajar duro, real, y concienzudamente, promoviendo y aprobando leyes necesarias que desde hacía muchos años atrás se requerían. Y también para promover leyes que fueron promulgadas y aprobadas para castigar a todos aquellos que se salían fuera de la ley, cualesquiera que ésta fuera. El número de Senadores y Diputados fueron reducidos a solamente los que eran elegidos por los votantes: dos senadores por cada estado y un diputado por cada tres cientos cincuenta mil habitantes en el estado; por lo tanto, si un estado tenía siete millones de gentes dentro de sus límites, ese estado se le autorizarían 20 diputados. Para México, con un total de 120 millones de habitantes, habría solamente un total máximo aprobado de 350 diputados, que incluirían aquellos adicionales que se necesitarían para cerrar y redondear las cifras de los habitantes en algún estado en particular. El sistema Judicial casi había limpiado todos y cada uno de los expedientes retrasados y resuelto también todos los casos pendientes, hasta aquellos que tenían muchos meses y algunos años, en espera de ser resueltos o atendidos. La gente que pertenecía a algún sindicato, también habían escogido gente buena para sus altos puestos; la corrupción dentro de los mismos, casi había sido desterrada. Sus propios miembros eran los que promovían y supervisaban que todo esto se hiciera correctamente. Las huelgas, eran cosa del pasado. La compensación por el trabajo de los trabajadores había sido revisada. Y los salarios mínimos se habían subido al nivel en que el trabajador y su familia pudieran vivir decentemente. Ahora, el salario mínimo se cotizaba por hora, en lugar de por día. Las leyes de trabajo fueron cambiadas para que los trabajadores se les pagaran por la hora trabajada y las compañías tenían el derecho de poder liquidar o cortar a un empleado que no desarrollara o desempeñara lo que de él era requerido en su puesto, con un solo mes de salario compensatorio por el despido sin tener problemas posteriores con alguna demanda. Pero las compañías también establecían y daban incentivos a todos aquellos trabajadores que desempeñaban su trabajo mejor o que producían más de lo que era requerido de sus puestos. En otras palabras, la gente y los trabajadores que realizaban más trabajo de lo que era requerido de ellos, se les otorgaban unos incentivos como premio a su esfuerzo, para de esa forma compensar su diligencia en el trabajo y por los estándares superiores de producción, con incrementos directos a su paga. Algunos de estos cambios confundían tremendamente a los administradores por el hecho de que aunque estaban pagando salarios más altos, las compañías estaban ganando mucho más dinero por la producción más alta de los trabajadores, aunada a la calidad del trabajo y de los productos producidos, que era excelente. Ahora, las compañías, propietarios, inversionistas y trabajadores estaban felices con lo que estaba pasando y con todos los cambios que habían sido promovidos; además, de todas las leyes que forjaron todos estos cambios para la satisfacción y bienestar de todo mundo.

CAPITULO VEINTE Y NUEVE –
Oaxaca - masacre de políticos corruptos.

Aún todavía, en el estado de Oaxaca, se especulaba que había células terroristas que querían desestabilizar el manejo y buen funcionamiento del gobierno federal. Aún en estas fechas se estaban llevando a cabo matanzas y secuestros de personal de los gobiernos en algunas de las comunidades más apartadas que estaban muy lejos y muy escondidas en la jungla de la parte de las altas montañas del estado. Esto evitaba que se pudiera efectuar una acción efectiva de la policía o ejército; por lo tanto, estaban haciendo toda clase de abusos y causando muchos problemas a los habitantes de esas comunidades. Ya habían secuestrado varios presidentes municipales, matando a la mayoría de ellos; según se estimaba, que no estuvieron de acuerdo en someterse o a aceptar sus peticiones. Se creía que querían poner en un estado de desasosiego a todas esas comunidades y tratar de atraerlos para su lado equivocado de la ley, con promesas huecas que esa gente, debido a su analfabetismo y sin conocer los manejos del gobierno central, ni siquiera tenían noción de cómo combatir tales acercamientos criminales. Esta gente también eran productores de grandes volúmenes de coca que vendían a los cárteles fronterizos para la introducción a los Estados Unidos, proporcionándoles mucho dinero en efectivo que podían distribuir entre los que se adherían a su causa. Había en el Estado de Oaxaca muchos pequeños laboratorios que producían pequeñas cantidades de coca y llevaban esa producción a una bodega central, llegando así, a acumular grandes cantidades de droga en varias ubicaciones. Y dado que esos laboratorios y almacenes estaban localizados muy adentro de la montaña y de la jungla en esa parte del estado, era muy difícil de localizar exactamente sus ubicaciones. Este hecho en particular, hacía casi imposible destruir o erradicar la producción de coca en este estado. Los pequeños laboratorios vendían su producción a esos almacenes centrales a una ganancia bastante alta que no se comparaba a las ganancias que los dueños y controladores de esos almacenes centrales hacían con la venta de la droga a los grandes distribuidores en Estados Unidos, los que al ponerla en la calle a un cierto precio más alto, comandaba unas ganancias mucho mayores del producto final que era cortado para el consumo del usuario de día con día. Por lo tanto, estos negocios eran muy buenos y dejaban grandes márgenes de ganancia para todo mundo, desde los pequeños laboratorios hasta la persona que vendía el producto final en la calle. El dinero entraba por cientos, miles, millones, de verdes dólares para ellos. No se podía considerar a éste un cártel, dado que era manejado, sin que nadie lo supiera, por un solo hombre que tenía una elaborada red de productores, almacenes, transportistas y centros de distribución final que llevaban la droga cruzándola a los Estados Unidos. Esta era una de las razones principales del porqué los consumidores y adictos de los Estados Unidos no sufrían cuando todos los cárteles fueron corridos y/o extinguidos en el resto del país y que los hicieran casi desparecer.

La organización así descrita, que manejaba este negocio, era muy intrincada y secreta en la forma en que trabajaba, almacenaba, transportaba, distribuía y operaba todas las drogas hasta su destino final. El hombre que era la mente creadora y cerebro de esta organización criminal, y que la manejaba como un relojito, era un tipo que había nacido en el estado de Oaxaca. Había sido un muchacho pequeño y pobre en sus años mozos; el vástago de una mujer casi esclava y el dueño de una de las plantaciones de café en el estado. Desde que era muy pequeño mostró una inteligencia excepcional y era mucho más inteligente que todos los muchachos que eran de su misma edad. La gente decía que iba ser un gran hombre cuando creciera. Siempre fue a escuelas públicas, dado que la madre no tenía dinero y trabajaba para sostener a ambos. El padre nunca lo reconoció como suyo y nunca ayudó a la madre con nada. Solamente la madre sabía que el niño era de él, ya que ella no había tenido relaciones sexuales con nadie más; además, después de tres meses y de que resultara embarazada, el dueño de la granja cafetalera se hartó de ella y la mandó que se marchara fuera de su plantación a otra comunidad bastante distante de su rancho. Por lo tanto, ella se vio sola para tenérselas que arreglar y obtener el sustento de su hijo y de ella. Ella era una mujer extraordinaria y nunca declinó en el amor que tenía por su hijo haciendo todo lo que tenía que hacer y trabajar para llevar una vida lo más digna para ambos.

El muchacho creció en mente y estatura, siempre obteniendo las calificaciones más altas en todas las escuelas a las cuales asistió. El era un muchacho muy inteligente con una mentalidad mucho mayor de la que tenía un muchacho de su edad; y con este atributo, él siempre buscaba la forma de ayudar a su madre con pequeños negocios que hacía, comprando y vendiendo cosas, para procurar dinero y dárselo a su madre. Cuando tenía catorce años, se salió de la escuela y se fue a trabajar a un laboratorio que era propiedad de un amigo de la familia que había ayudado a su madre y a él en su época de necesidad. Aunque éste hombre nunca se aprovecho de las necesidades de la mujer, siempre los ayudó y estaba cerca para vigilar que no les faltara nada. Era como si el hombre, mucho más viejo que la madre, lo hubiera hecho para que fueran su hija y nieto, los que él nunca tuvo y velaba siempre por sus intereses y necesidades. La madre siempre le llamaba "Don Chucho", apelativo de cariño, y lo trataba y cuidaba como si fuera el padre que ella nunca conoció o tuvo. Ella lo apreciaba mucho y le daba gracias al Señor por el haberlos encontrado en esos días en que madre e hijo estaban desesperados y sin tener que comer. Era uno de esos días que caminaba y trabajaba en la calle para lograr obtener unas monedas para comprar comida para ella y su hijo, y que el hombre la encontró acurrucada en la esquina de un edificio abrazando a su hijo en su seno y casi muertos de hambre por no haber comido en varios días. El hombre se compadeció de ella y de su pequeño hijo; nunca supo porqué, pero su corazón se enterneció por la escena que la madre y el pequeño niño presentaban. Le recordó una estampa de Nuestra Señora, La Virgen María, teniendo en sus brazos a su pequeño hijo Jesús. Recuerdo que su madre le había dado cuando era pequeño para que la conservara siempre para su protección. Su nombre también era Jesús, pero desde que tenía memoria todo mundo lo llamaba Chucho; y ahora que tenía dinero lo llamaban Don Chucho como signo de respeto. Cuando él empezó a hacerse cargo de la mamá y el niño, éste tenía menos de un año, ahora, catorce años después, ya era casi un hombre hecho y derecho. Manuel, que era su nombre de pila, le dijo a Don Chucho que ya no quería continuar yendo a la escuela; Don Chucho se sintió muy decepcionado, puesto que había pensado en la posibilidad de que este niño creciera en un hombre educado que en un futuro lo protegiera a él y a su madre. Pero Don Chucho también se estaba haciendo viejo y necesitaba a alguien de confianza que le pudiera encomendar la continuación de su negocio de producción de coca en los tres pequeños laboratorios que tenía muy adentro de la jungla en la montaña. Entonces él empezó a enseñarle a Manuel todos los recovecos del negocio de la producción de coca. Manuel, siendo un muchacho muy inteligente y volviéndose ya casi un hombre, no tomó mucho tiempo en aprender el negocio. En realidad, mejoró los métodos de producción para incrementar cada uno de los tres laboratorios, casi triplicándola. No le tomó a Manuel más de tres años para amasar una inmensa fortuna y la adquisición de la mayoría de los pequeños laboratorios enquistados en la jungla de la alta montaña de esta parte del estado; por lo que antes de haber cumplido los diez y ocho años, él se había convertido en la mente creadora y cerebro operativo de todas las operaciones del negocio de producción de coca y de todos los pequeños laboratorios del estado de Oaxaca. El sabía que los podía hacer mucho más grandes del tamaño que actualmente tenían, pero también él estaba consciente que se harían también mucho más vivibles y mucho más fáciles de encontrar para la policía en los patrullajes en helicóptero que llevaban a cabo y que habían sido establecidos para erradicar la producción de coca, al igual que lo habían hecho en otras partes del país hasta eliminarla casi totalmente. Por lo tanto, mantuvo el tamaño de los laboratorios tan pequeño como le fuera posible y se respaldaba con sus almacenes de sus producciones en lugares muy bien "camuflados" cerca de los límites de las grandes ciudades. Era muy listo y de hecho no era una persona que anduviera mostrando su riqueza, poder o fortuna; para decir la verdad, también era una persona discreta con un perfil personal muy bajo, que no levantaba sospechas de su manejo y administración del negocio de la producción de coca. El se había convertido en un individuo mucho muy rico y Don Chucho estaba muy orgulloso de lo que su hijo adoptivo había hecho de su negocio. El todavía no tenía veinte y un años cumplidos y ya había acumulado más de un mil de millones de dólares Americanos. Manuel solo tenía un defecto, si se le pudiera llamar así. Aborrecía tremendamente al gobierno y a los malos y corruptos políticos que lo representaban; a los terratenientes y dueños de grandes ranchos y plantaciones;

a toda esa gente que se aprovechaba de la gente pobre y de escasos recursos que los tenían trabajando con salarios miserables, en condiciones infrahumanas, casi como animales, mientras ellos disfrutaban de las riquezas cosechadas de los grandes márgenes de utilidad que les provenían del trabajo de esa pobre y miserable gente, hombres y mujeres, los cuales engrosaban sus arcas de dinero. Eso le recordaba muy vivamente lo aprovechado que su padre natural había sido con su madre y como había abusado de ella y de su inocencia por más de tres meses, para después abandonarla y descartarla como algo que tiras a la basura después de haberle desgarrado el alma y su inmaculado cuerpo. Podías tratar a un perro mejor de lo que su padre natural había tratado y abusado de su madre. Aunque él era su padre natural, se había prometido a sí mismo poderle hacer sentir todas las penurias, sufrimientos, dificultades y dolores que su madre y él habían tenido que pasar, antes que Don Chucho los encontrara y se hiciera cargo de ellos. El prometió hacerle a su padre sentir y hacerle pagar de la forma más cruda y dolorosa por todo lo que su madre y él sufrieron. No lo veía como venganza, solo como algo que tenía que hacer para castigarlo y poder estar en paz consigo mismo y lograr justicia para su madre.

Junto con el desprecio que sentía por el gobierno, sus malos y corruptos políticos, sus burócratas y todos y cada uno de los rémoras que cerca de ellos estaba o laboraba, Manuel quería hacer lo que fuera posible y necesario para castigarlos y hacer pagar a todos ellos al igual que el hombre que se aprovecho de su madre e hizo tanto sufrir a ambos. Veía al gobierno y a cualquier cosa que se le semejara, como un cáncer, algo que era muy malo y que lo tenía que cortar desde su raíz, sin dejar huella de lo que era o había sido. Con estos pensamientos en mente, Manuel había comisionado las muertes o había matado él mismo a mucha gente, principalmente en el estado de Oaxaca; pero también, se había extendido en sus matanzas a los estados vecinos y algunos en el gobierno central, del Estado de México, y de la misma Ciudad Capital, el Distrito Federal. Seleccionaba principalmente a gente e individuos que estaban aprovechándose de la gente pobre y de los necesitados, como un castigo para ellos por todos los males que habían causado. Pero muchas veces, la gente que había pagado y comisionado para matar a la gente mala e impropia conectada con el gobierno, no hacía distinción. Ellos mataban a todos los que tenían algo que ver con el gobierno, fueran éstos buenos o malos. Mucha gente celebraba y daban las gracias de esas muertes y daba las gracias que alguien había tomado la ley en sus manos y había dispuesto y desaparecido esa bazofia humana. Pero también había gente que no aprobaba algunas de esas muertes, porque algunos eran buenas personas y buenos empleados que también se les había matado. Nunca hubo una señal de que alguien se hiciera responsable o tomara el crédito para su causa de las muertes de esos indeseables. Las matanzas y desapariciones de toda esa gente nunca se supo a quien o quienes se debían o quienes eran los responsables por ellas. Manuel sabía que él no podía controlar a la gente que contrataba y les pagaba para que hicieran esas acciones, pero no le importaba. Él tenía algo muy profundo en contra del gobierno y sus empleados que el inducía a matar a esa gente, solo por el hecho de matar gente mala y corrupta del gobierno.

Como uno puede imaginarse, hubo muchas campañas e investigaciones para encontrar quienes eran los asesinos o quien estaría detrás de estas muertes, para ver si había una mente, cerebro central, o persona responsable, que estuviere comisionando y dando el dinero para que se llevaran a cabo estas acciones. Nunca, nadie encontró quienes eran los matones; quién, o quienes estarían detrás, o en su caso, las razones para que esas muertes se llevaran a cabo. Manuel era un individuo muy inteligente y organizaba sus "Escuadrones de la Muerte" con precisión y con gente que preferirían morir que revelar cualquier cosa que se asemejara a la organización y/o persona que estaba detrás y que les pagaba grandes sumas de dinero para llevarlas a cabo. Manuel daba y esperaba lealtad completa de la gente con la cual se relacionaba; además, nunca mostraba su cara. Por lo tanto, los individuos involucrados no podían revelar el nombre o identificar a la persona detrás de esas operaciones, porque ellos no sabían quién era o como identificarlo. Ellos eran contactados, comisionados, y pagados en su totalidad muy bien en una secrecía y un anonimato total.

Teto y Juan Elizondo estaban muy conscientes de las cosas que Manuel estaba haciendo, pero ellos tampoco tenían una idea clara de quien estaba detrás de esas muertes. Ambos estaban agradecidos, hasta cierto punto de que se llevaran a cabo, pero solo por el hecho de que esto sucediera, la gente del gobierno estaba tomando muchas precauciones, no solo para mantenerse sanos y salvos, sino porque ellos empezaron a actuar y comportarse en el lado correcto de la ley, haciendo todo lo que podían para ayudar a la gente y demostrar a los ciudadanos que ellos eran buenos y que estaban haciendo todo lo que podían para hacer el bien y para lo que habían sido elegidos a desempeñar en sus puestos gubernamentales. No querían ser asesinados o desaparecidos cualquier día. Como quiera que sea, ellos también estaban molestos que algunas gentes buenas, solo por el hecho de trabajar en el gobierno, también los habían matado. En una de sus juntas, Juan y Teto, discutieron el problema concienzudamente y decidieron que ellos tenían que investigar a las personas o persona que fuera responsable por esos "Escuadrones de la Muerte", como se les hubiere podido llamar.

Teto fue el que tomó la responsabilidad de encontrar la verdad a cerca de esas muertes de empleados del gobierno por esas organizaciones de asesinos. Era un trabajo difícil, porque no había ninguna información en la que pidiera basarse o que pudiera usar; así es que, tenía que empezar desde un principio y en la parte del país en donde la mayoría de éstos asesinatos se habían perpetrado. Así que, se dirigió al sur del país, al estado de Oaxaca para empezar su investigación. Disfrazado, como siempre lo hacía en este tipo de operaciones, se auto nombró y presentó a sí mismo como un comprador de granos de café para una compañía del norte del país que quería comprar los mejores granos de café del estado de Oaxaca para empezar una producción de su propia marca de café y de sus más solicitadas mezclas. Hasta cierto punto, esto era una verdad a medias, puesto que dentro de las empresas que el Grupo-JE tenía en el norteño estado de Sonora, había una compañía que se había especializado en producir las mejores mezclas de café de México y que también exportaban a Estados Unidos y otras partes del mundo. El no mencionó nada de la empresa que representaba, ni su ubicación exacta, bastó que solo dijera que estaba localizada en el norte del país en el estado de Sonora. No quería que los lugareños empezaran a cuestionar sus acciones y sus idas y venidas por el territorio buscando fincas productoras de café. Lo que si estableció enfáticamente era que pagaría de contado y en efectivo, indicando que una transportadora especial, trasladaría el café, comprado por él a los productores locales, para llevarlo hacia la fábrica del norte del país. Toda la gente con la que habló del proyecto de compra, se mostró muy entusiasta, porque estaba pagando precios altos, en efectivo y de contado, por los granos de café seleccionados por él mismo para su compra. Como pagaba en efectivo y de contado las compras realizadas, no le hicieron preguntas y tampoco ofreció explicaciones. Y como el café era producido casi totalmente en las montañas del estado de Oaxaca por pequeñas plantaciones y ranchos cafetaleros, a los dueños, no les interesaba quién les compraría el café, pero estaban muy agradecidos de que podían venderlo bien y por buenos precios y que éstos les proporcionaban buen dinero y muy buenos márgenes. Todos estaban de acuerdo, que la persona que hacía las compras, era una persona con extensos conocimientos de la producción y del negocio del café y él siempre mantenía su promesa de pagarles total e inmediatamente por su producto. En otras palabras, consideraban a ésta persona como un muy buen cliente comprador que pagaba por el café adquirido puntualmente y muy bien.

Actuando y con mucho sigilo, Teto empezó a adquirir información y también comenzó a atar cabos de los pequeños pedazos de información que recibía en sus viajes de compra de granos de café a las cafetaleras y en los que se desempeñaba como el comprador de la compañía productora de café del norte del país. Encontró que había muchos pequeños laboratorios de coca en la montaña y jungla del estado de Oaxaca, y sin levantar sospechas, viajó y visitó todas las plantaciones de café para supervisar la producción de los mejores granos de las mismas y para asegurarse que lo que estaba adquiriendo eran los mejores granos de café producidos en el estado. También descubrió que el hombre encargado de todas las operaciones de los pequeños laboratorios era un individuo que se conocía por el nombre de Manuel y que su anciano padre ya no se involucraba en el negocio que había fundado. Que Manuel era el organizador y administrador de toda la coca que era producida en el estado y en los que estaban circundantes al estado de Oaxaca. Era el emperador de un vasto imperio que debería estar acumulando muchos millones de dólares Americanos con la operación que él operaba. La gente se expresaba muy bien de él y lo llamaban de cariño "El Patrón"; Manuelito, por sus cercanos allegados y por la gente que convivía con él. Pero, curiosamente, la gente no tenía conocimiento de su vida personal o de la vida que él había tendido en su infancia cuando crecía. La gente solo sabía que era el hijo adorado de Don Chucho y que el manejaba y administraba el negocio y todas sus posesiones con una mano muy firme.

Uno de esos días en que Teto estaba sentado en una mesa de un pequeño restaurante de una de las ciudades, cerca de una de las plantaciones de café que visitaba, Manuel apareció en el dintel de la puerta de la entrada principal del restaurante. Manuel oteó la parte interior del restaurante y viendo que solamente estaba ocupada una sola mesa y no queriendo comer solo, le pidió permiso al comensal sentado que si lo podía acompañar. Además, Manuel había oído mucho hablar del perfecto extraño que había venido del norte de México a comprar granos de café para la producción de mezclas especiales en una planta que supuestamente estaba ubicada en el estado norteño de Sonora. Manuel siempre había querido conocerlo y hablar con él, aunque fuera con el solo propósito de poner su mente en paz, de que el negocio que lo había traído a esta parte del país era solo y únicamente por lo que él aparentaba ser. Así es que, Manuel se sentó a acompañar a Teto y compartir los alimentos, empezando a hacerle preguntas inocuas. Teto, siendo un experto conocedor de las técnicas de extraer información de las personas, le respondió total y cabalmente muy bien lo que le preguntaba; pero al mismo tiempo, vagamente, para no levantar sospechas ni darle información de más o crucial.

"Manuel", Teto le preguntó: ¿"Seria posible, que tu pudieras en tus empresas y negocios que administras, trabajar y comercializar nuestro excelente café, así como, sus mezclas"? "Sé que nosotros tendremos que sacrificar algo el precio al que te venderíamos, debido a los fletes caros que pagaríamos para traer el café y sus mezclas ya preparadas desde Sonora, pero nos interesaría muchísimo el promover y vender nuestro excelente café y sus mezclas aquí en Oaxaca, que es donde se producirán los granos que usaremos?" "Como te digo, nuestro interés principal sería: el que la gente que produce la materia prima que utilizamos, prueben y disfruten nuestro café y sus mezclas. Sabemos y estamos seguros que les gustarán mucho, y tomando eso en cuenta, que otra mejor cosa sería que los que producen los granos usados en nuestro café, nos den su experta opinión". Manuel, reflexionó y le dio vueltas a la pregunta en su mente por algún tiempo antes de contestarle: "Yo no tengo negocios que pudieran proveer la comercialización de sus productos, pero tengo muy buenos amigos que si los tienen. Los apremiaré para que se pongan en contacto con usted, para que pueda llevar a cabo el negocio que pretende, directamente con ellos. ¿Le gustaría este tipo de arreglo?" Teto no tardo nada en contestarle: "Esto estaría muy bien, y espero poder hacer los contactos de sus amigos lo más rápidamente posible, para que podamos concretar los arreglos sobre las posibilidades de

negocio que pudiéramos hacer conjuntamente". Y así, su conversación siguió, versando en cosas triviales, ninguno de los dos proporcionando información que pudiera haber comprometido los propósitos o negocios verdaderos de ambos. Por lo tanto, los dos, consideraron este contacto casual como un acontecimiento normal con un extraño que no habían conocido con anterioridad. Ellos llegaron a la conclusión, posteriormente, que no habían obtenido información que diera respuestas a las raíces y entrañas de sus negocios verdaderos. Teto, de este encuentro causal, decidió y llegó a la conclusión de que estaba tratando con un individuo que era muy perspicaz e inteligente y que sería muy difícil de abrirlo a que diera mayor información. Pensó él, que cuando el tiempo llegara, a lo mejor tendría que matarlo para prevenir y evitar que pudiera causara problemas a los planes, que él y Juan tenían para México. Pero también concluyó, que a lo mejor había oportunidad de que pudiera negociar con Manuel algún tipo de arreglo para que él no interfiriera con los planes que cada uno de los dos tenía para el futuro.

Cuando Manuel estuvo solo, después de la comida que había tenido con el extraño que compraba granos de café, pensó que a lo mejor, esta persona en particular lo pudiera ayudar a llegar a concretar la decisión que había estado considerando y dándole vueltas en su cabeza ya por bastante tiempo: el de dejar todas sus malas acciones y todo el manejo de la droga y la vida fuera de la ley que hasta la fecha había vivido. El tenía ya varios meses, dándole vueltas a la decisión de llegar a lograr ser un ciudadano normal común y corriente y dejar la vida de "traficante". Este modo de pensar, se lo debía a su madre y a Don Chucho. Había llegado a amasar una fortuna tan inmensa, que no se la acabaría en generaciones por venir. Ya no necesitaba más dinero y a su edad, quería ya establecerse, casarse, crear una familia y vivir como una persona normal y decente hasta el final de sus días. A lo mejor no iba a ser muy seguro seguir viviendo en esta parte del país, pero encontraría un lugar donde él, su madre y Don Chucho pudieran pasar el resto de sus días en paz sin que la policía, tropas federales o el ejercito lo apresaran y arrestaran; ya que éste sería el menor daño posible que obtuviera de las acciones que estas fuerzas policiacas le pudieran llegar a hacer por sus años de delincuente. No era que tuviera miedo, ya que a él le había ido muy bien en el negocio que Don Chucho le había encomendado y con toda la fortuna que había acumulado, no necesitaba ya nada de dinero adicional para vivir pacifica y felizmente con sus seres queridos. El necesitaba también hallar una forma en que pudiera usar algo de su dinero para ayudar a los buenos políticos y castigar a los malos, sin recurrir a la última alternativa de eliminar a los malos, matándolos sin misericordia. El tenía ya por algún tiempo, la información de que había cierto hombre que había hecho mucho bien para el país, especialmente por la gente pobre y menos privilegiada, y que todos sus enfoques habían sido a favor de esa gente de las clases más bajas y necesitadas y de todos aquellos que estaban desesperados de encontrar trabajo, comida, vestido o cualquiera de las cosas materiales que los desprotegidos siempre estaban necesitados de obtener. El recordaba los sufrimientos, problemas, hambres, y todas esas aflicciones que les causaron tremendos dolores y estreses a él y a su madre en los años de su infancia y crecimiento. El quería usar parte de su fortuna para hacer cosas buenas que ayudaran a esas personas necesitadas y también encontrar un tipo de ayuda para empujarlos a ser catapultarlos a una vida mejor y sin sufrimientos. Esos eran los pensamientos más íntimos de Manuel y que no se los había confiado ni a su madre, ni a Don Chucho, su padre adoptivo. Pero íntimamente pensaba, que este hombre que había conocido en la comida y que no sabía el porqué, le había inspirado en lo más recóndito de su ser, una confianza que nunca antes había sentido hacia ninguna otra persona. Lo que le sorprendía tremendamente era el hecho de que solamente había estado con el por espacio de unas dos horas, siempre hablando de cosas triviales; pero sin embargo, él pensaba que podía confiarle su propia vida, si a eso llegara el caso. La cosa más importante que él pensaba que tenía que hacer, lo más rápidamente posible, era: ¿"Cómo pudiera él transmitirle todos esos sentimientos y cosas tan íntimas que él quería lograr para sí mismo y su familia a éste personaje extraño qué acababa de conocer? Pero mucho más importante, tenía que obtener su entera confianza de que él no usaría erróneamente ésta información tan crítica de lo que quería hacer con su vida y los deseos que quería para él y su familia". Manuel decidió que trataría de obtener la amistad y confianza de éste hombre con el que había comido y platicado en el restaurante. El nombre que le había dado, y con el que se presentó, fue el de Jorge Ancira. Ese era el nombre que Teto había escogido para su investigación y tenía todos los papeles necesarios para respaldarlo; así como, la chequera con la que les pagaba a los cafetaleros los granos de café que les compraba, para testificar la veracidad del nombre usado.

Teto/Jorge, había notado y sentido de parte de Manuel una cierta sinceridad en la forma en que presentaba sus contestaciones, triviales sí, pero sinceras, a las preguntas que le había hecho. Este hombre, Manuel, era una persona muy astuta, o había estado siendo totalmente abierto y cándido en sus respuestas que le daba a sus preguntas. Usando todo el entrenamiento que tuvo en el servicio militar, Teto trató de identificar flaquezas, motivos escondidos, o bajo corrientes en la forma en que Manuel contestaba y se comportaba mientras compartieron el pan y la sal en la mesa del restaurante, pero no pudo encontrar nada. El hombre había sido sincero, abierto y franco en su interlocución con él; por lo tanto, decidió que trataría de tener más encuentros con éste hombre, aunque fuera solo para saber más sobre su carácter y si por si acaso tenía una agenda escondida.

Uno de los dueños, de probablemente la hacienda cafetalera más grande de esa comarca, iba a tener una celebración de cumpleaños. El había invitado a Teto y también a Manuelito, ya que era un gran amigo de "El Patrón Manuelito". Por lo tanto, ambos iban a estar presentes en la celebración para conmemorar el cumpleaños del señor José Ramirez. El señor José Ramirez, siempre hacía un gran evento en la fiesta de su cumpleaños, y en ésta ocasión no fue la excepción. De hecho, como siempre lo hacía, volcó "la casa por la ventana". La fiesta, empezaba muy temprano y continuaba por toda la noche, concluyendo al final, temprano la mañana del siguiente día con el espléndido "menudo" y otros deliciosos platillos de la comida Oaxaqueña. Había comida y bebida "todo lo que pudieras tomar o beber". Y la camaradería entre los invitados era espléndida, puesto que la mayoría de las personas que asistían eran amigos, vecinos, parientes, y personas cercanas a la familia de José Ramírez y cercanas a las familias que asistían a la fiesta.

Manuel pensó que ésta era la oportunidad perfecta de acercarse mucho más con el señor Ancira y a lo mejor se presentaba la oportunidad de que él le pudiera confiar algunos, o parte, de sus planes personales para el presente y el futuro de él, su madre, y Don Chucho.

Ambos, Manuel y Teto llegaron casi al mismo tiempo a la celebración del señor José Ramírez y empezaron a saludar y hacer amistades y contactos con los invitados a la fiesta. Teto notó que Manuel lo miraba fijamente y casi no le quitaba la mirada y pareciera que Manuel quisiera hablar más de cerca y personalmente con él. La oportunidad se presento cuando Manuel traía un par de cervezas en su mano, ofreciéndole una e invitándolo a caminar con él en el exuberante jardín que tenía en la parte de atrás, la casa del señor Ramírez. Así es que, empezaron a caminar hacia la parte trasera de la casa hacia el jardín. Manuel entonces se le acercó a Jorge/Teto y le dijo que quería confiar en él algo que estaba considerando para el futuro de sus negocios y su familia, y le preguntó: ¿"Te interesaría escucharlos"? A lo que Jorge/Teto le contestó: "Por supuesto, por favor dime, me gustaría escucharte". Y de esa forma Manuel, empezó: "En realidad no sé cuanto sepas a cerca de mí, de los negocios que tengo, o de mi familia, pero yo, por alguna razón, creo que puedo confiar en ti mi propia vida y quisiera decirte muchas cosas que ni mi amigo más cercano conoce o sabe de mi o de mis negocios". Manuel empezó a contarle del embarazo de su madre; de que los hubieran echado fuera de la hacienda de su padre biológico, dueño de la hacienda, y de que él había embarazado a su madre; de todos los sufrimientos y problemas que tuvieron antes de que Don Chucho se responsabilizara de ellos y los ayudara; de la forma en que había progresado en sus estudios en la escuela; del porqué no había querido seguir estudiando; de la forma en que Don Chucho lo entrenó y le pasó el negocio; de la forma en que había incrementado y mejorado la producción y negocio de la coca en el estado de Oaxaca; de todo lo que había hecho y ordenado matar y exterminar a los malos políticos y a la gente que se aprovechaba de la gente pobre; etc., etc., etc. En otras palabras, Manuel vació su corazón con Jorge/Teto. Al final le dijo, "Sabes que si cualquier cosa de lo que te he dicho sale a la luz pública, me forzarías a que te mate o ordenar a alguien que lo haga". Teto/Jorge le dijo que entendía perfectamente y que podía estar total y completamente seguro que lo que le había platicado esta noche, estaría en su corazón y nadie oiría una palabra y que como había confiado en él, estaba muy agradecido por esa confianza que le había tenido y que estaría agradecido eternamente con el por haberle mostrado esa confianza. Le confió que él tenía amigos muy poderosos en la industria, gobierno a todos los niveles y que haría todo lo posible para que pudiera lograr la meta que se había propuesto para él, su madre y Don

Chucho. Le dijo que con la ayuda de algunos amigos, el estaba tratando de invertir algo de su fortuna en el futuro de México y por la mejoría de su gente y sus ciudadanos, que si Manuel estuviere interesado, tan luego cristalizaran algunos planes pendientes, le platicaría de ellos y a lo mejor le interesaría participar y hacerse activo en los planes que ellos estaban fabricando para el futuro del país. Que no le podía decir mucho ahora, porque solamente eran los planes para empezar y que se necesitaban poner en blanco y negro y ponerlos en perspectiva de tiempo para poder ponerlos en acción. Manuel sintió que una mole de piedra que se le hubiere quitado de su corazón y de su espalda. Se sintió aliviado con las palabras que Teto/Jorge le había dicho y también de su aseguramiento de que lo que le había dicho en su plática, estaría seguro con cada uno de ellos y nunca saldría a la luz pública. Ambos eran personas de honor, y honrar su palabra, ellos lo harían, cumpliendo con sus promesas de secrecía. Era un pacto de honor y sangre el que se había sellado entre ambos y el principio de la gran amistad que había surgido; amistad que solo era superada por la amistad que Teto tenía por Juan Elizondo.

En la noche, antes de que Teto se durmiera, pensó en todo lo que había pasado ese día en la celebración del señor Ramírez. El estaba muy sorprendido, por no decir otra cosa, de todas las cosas que Manuel le había platicado; pero más que todo, la forma en que Manuel había confiado esas cosas a él. El pensó que muy dentro de él, Manuel era un hombre bueno. También era un hombre muy inteligente y perspicaz, y no uno que tuviera un odio exacerbado contra la ley y el orden y de todas las cosas que el gobierno representaba. El tenía un odio por los malos políticos y malos empleados gubernamentales; sobre todo, de los que se aprovechaban de la gente pobre y de escasos recursos; y que esos eran realmente a los que quería eliminar de la faz de la tierra. Este odio se lo había instigado principalmente la gente que tomaba ventaja de los ciudadanos pobres y analfabetas de los cuales, éstos poderosos individuos, se aprovechaban porque ellos no tenían quien los defendiera; de esa forma tenían que sufrir los dolores y tribulaciones a los que eran sometidos constantemente. Manuel pensaba que esta gente no tenía excusa de hacer lo que hacían, y deberían de ser puestos enfrente de un escuadrón de fusilamiento y ser fusilados como perros que eran. Pero, como Teto lo había comprobado, Manuel siempre tenía una mano lista para ayudar a todo el necesitado: fuera una necesidad moral, necesidad de apoyo, o necesidad económica. Antes de dormirse, pensó que probablemente con una buena guía, Manuel pudiera ser una gran ayuda para los planes que Juan y él tenían para el futuro de México. El pensaba en lo que alguien le había dicho en sus años mozos de que: "una prostituta arrepentida, se puede convertir en la mejor esposa que un hombre pudiera encontrar". Que esas damas habían tratado y hecho todo lo que se pudiera pensar, por lo tanto, no necesitaban experimentar, buscar, o tratar de encontrar algo fuera del matrimonio; ellas solo se dedicaban a amar, apapachar, y serle fiel a su hombre. Con estos pensamientos finales, se durmió plácidamente.

El siguiente día, Teto fue a buscar a Manuel y le dijo que realmente creía que lo podía ayudar a lograr la meta que él estaba buscando, pero que debería llevar a cabo, al pie de la letra, todas la recomendaciones que él le hiciera y casi sin hacer preguntas. Que podían discutir la forma en que las cosas se hicieran, pero el resultado final tenía que ser el que Teto/Jorge le sugeriría. Así es que, le dijo que para empezar, comenzara a finalizar sus operaciones clandestinas. Manuel tenía que cerrar totalmente todas esas operaciones y darles el suficiente dinero a los trabajadores para que encontraran otro tipo de trabajo en el cual pudieran empezar a laborar. Pero que las operaciones de producción de coca, tenían que cerrarse y desparecer. Hasta le sugirió pequeños negocios que la gente pudiera establecer y seguir trabajando en ellos, ganando el suficiente dinero para su supervivencia. Manuel escuchaba muy atentamente todo lo que Teto/Jorge le decía y le dijo: que de hecho, él ya había pensado en algo parecido y ya tenía planes de cómo llevar a cabo el establecimiento de ese tipo de negocios para la gente. Esta sugerencia en especial, acercó mucho más a Manuel con Teto/Jorge, porque eso era algo en lo que ya él había pensado y estaba muy feliz de que Teto estuviera de acuerdo con él en lo que tenía que hacer para empezar su transformación a una vida normal, cerrando y terminando con todos sus negocios ilícitos e ilegales. De esa forma, Manuel, empezó a poner en movimiento el plan que él y Teto/Jorge acordaron como el primer paso para lograr su meta de llegar a convertirse en un individuo normal y un perfecto modelo de ciudadano.

Manuel, siendo tan inteligente como lo era, puso en operación varias fábricas para los ex- trabajadores de los laboratorios de coca. Fábricas tales como las que producirían ropa para dama y caballero, zapatos, y también estableciendo

161

cooperativas de producción de vegetales y árboles frutales, etc., que les proporcionarían trabajos y una forma de vida decente para la gente que se quedaría sin trabajo por el cierre de los laboratorios clandestinos de coca. Y con la ayuda de Teto/Jorge, el establecimiento de una compañía para fabricar mezclas de café con la ayuda de algunos de los empleados de Juan que vinieron de la planta de Sonora para ayudar a empezar la producción de la planta. De ésta forma se podía asegurar la producción de los productores cafetaleros de los granos de café y el consumo de los mismos por la planta productora. Logró que los dueños de las haciendas productoras estuvieran interesados en incrementar sus producciones, no solamente para surtir a la planta del señor Jorge Ancira en Sonora, sino también para tener suficiente producción adicional y surtir las necesidades de la nueva planta que se estaba estableciendo en el estado de Oaxaca con la ayuda experta de la gente de la planta de Sonora. Todas las plantas se iniciaron inmediatamente después de que Teto y Manuel, tuvieron su plática. Teto pensó que era sumamente importante y esencial que terminara lo que había empezado para que le diera suficiente tiempo para trabajar con Juan en su nominación como candidato independiente para la Presidencia de México. El también pensó que Manuel pudiera, si él lo quería y deseaba, ser de mucha ayuda en el futuro, debido a su astucia e inteligencia para llevar a cabo arreglos y negociaciones, y el lograr que la gente trabajara en el respaldo de la candidatura de Juan para la Presidencia.

CAPITULO TREINTA –
Nominación de Candidato Independiente.

Terminando su trabajo y la compra de granos de café, Teto/Jorge, solo mencionándole a Manuel que ya iba a salir de Oaxaca, pero iba a estar en constante comunicación con él, dejó todo arreglado para el embarque de los contenedores de los granos de café que había comprado para la fábrica del estado de Sonora, poniendo en el manifiesto que los contenedores serían pasados a recoger por el gerente de la fábrica, el Sr. Renato García, del lugar de su arribo a la ciudad de Hermosillo. Para cuando Teto llegó a la Ciudad de México, la noticia lo abrumó y lo sobrecogió de emoción, de que el señor Juan Elizondo había sido proclamado Candidato Independiente para la Presidencia de México y postulado por un Comité Independiente de Ciudadanos: La Organización para el Progreso de México y Toda su Gente (OPMG). Este comité de ciudadanos se había organizado, pos sí mismo, como una organización independiente respaldada: por gente común y corriente en primer lugar, por industriales que querían el progreso de México y su remontar como una fuerza económica mundial, por compañías que habían empezado a organizarse, por sí mismas, en la misma forma en que las empresas y negocios del señor Juan Elizondo se habían organizado y administrado, y por todos los trabajadores que pertenecían al Grupo-JE. Teto estaba muy sorprendido y confundido con el fervor y la furia positiva que toda la gente y los ciudadanos estaban demostrando con el soporte y respaldo que le daban a la candidatura y postulación de Juan Elizondo. El nunca había visto este tipo de motivación anteriormente y que ahora era demostrada por la gente que estaba involucrada y enarbolaba ahora la promoción y respaldo de la candidatura de Juan para la Presidencia del país. Los gerentes y la gente que laboraba en las compañías de Juan Elizondo habían hecho un trabajo excepcional en la comunicación y en el enunciar las cualidades, virtudes, habilidades administrativas, fuerza organizacional, genio financiero, habilidad para juzgar a las personas, y todas esas características que ellos sabían que serían necesarias e indispensables para que el futuramente elegido Presidente del país sacara a México del marasmo e inactividad y moverlo hacia la cúspide y nueva posición de poder mundial y éxito financiero que todos en el país necesitaban y con ansias deseaban. Esto lo querían y deseaban, especialmente, todos aquellos que estaban en la parte económica más baja del país como los ciudadanos menos beneficiados en todos los gobiernos anteriores y por el mismo que ahora ostentaba el poder, así como, sus buenos para nada partidos políticos. La mejor parte de lo que estaba sucediendo con éste movimiento era que: Juan nunca vio, busco, o pidió la nominación. La nominación y postulación fue la espontanea conclusión de la gente y los ciudadanos que estaban involucrados en la OPMG, después de evaluar candidatos que ellos creyeron tenían posibilidades de manejar los destinos y futuro del país y guiarlo al pináculo de su éxito. La decisión fue unánime sin que nadie se opusiera a ella y por lo tanto, era la decisión de la mayoría de los miembros de "La Organización", que era como en corto la llamaban.

El espontáneo y casi total respaldo de la candidatura del señor Juan Elizondo para la Presidencia de México fue superior a cualquier cosa que se hubiere imaginado. La gente de todos los niveles de vida: muchachos y muchachas jóvenes, estudiantes de todas las escuelas, trabajadores de todas las compañías establecidas, gente que tenía negocios informales, hombres y mujeres en la calle, en cualquier y en todas partes, acudían al llamado. Todos hablaban y discutían las próximas elecciones y el candidato independiente que había sido nominado, sus características, sus aptitudes, su compromiso con la gente que laboraba en sus empresas y negocios, la ayuda que él les había dado, no solo a esos trabajadores, sino también a las comunidades donde esas empresas y negocios habían sido establecidos, el progreso que había sido generado por esas empresas y negocios, y el sentimiento de orgullo que sentían las personas que se veían involucradas en la promoción y logro de ese progreso. Con todo lo que estaba sucediendo en todo el territorio del país, se veía que la votación en los comicios sería solo una mera formalidad; porque estaba asegurado que la Presidencia de México sería ganada por el Sr. Juan Elizondo. Los partidos políticos que habían estado en el poder anteriormente, los sindicatos, las diferentes organizaciones, y todas esas gentes que pertenecían a alguna de ellas y que eran parte de los que evitaban el progreso y mejoramiento del país, habían sido aplastadas por la gente y los ciudadanos que ya estaban hartos y hasta la coronilla de todas las cosas que habían estado mal en el pasado y que tuvieron que soportar por tantos años, puesto que nunca había habido una "revolución del intelecto", como era llamada, que los hubiere unido, como ahora, muchos años antes. Pero esto era considerado una utopía y nadie se había arriesgado a tomar las riendas y el liderazgo, o el haber hecho alguna cosa para tratar de corregir las formas y cosas que se habían hecho en el pasado. Parecía como si la gente ahora tenía un líder que había demostrado en estos pocos años su liderazgo, sin tratar de obtener algún beneficio propio. Esta persona había hecho tanto por la gente, las comunidades, y por todo el país, sin pedir compensación o premio por haberlo hecho. Había hecho, lo que había hecho, por sí mismo en la organización de sus compañías y negocios, solamente para el beneficio de la gente; y principalmente para todos aquellos que menos tenían y el de la clase económica más baja. El nunca pidió ni esperó un premio, recompensa, o beneficio para sí mismo; siempre reverenciaba, era gratificado, gozaba, y se divertía grandemente al ver que la gente progresaba por sí mismos, sin tener que recurrir o pedir a papá gobierno que los ayudara, que le diera comida, o que les diera dinero para su supervivencia. Todos ellos podían proveerse y pagar por sus necesidades ellos mismos y estaban muy orgullosos de poder hacerlo. Todo su progreso y prosperidad personal se lo debían a este hombre: Juan Elizondo. Esa era una de las principales razones del porqué todos ellos lo querían en la Presidencia de México. Ellos sabían y estaban seguros de que él sería el que aboliera a los mendigos, a los pobres, y a los iletrados y analfabetas; que él sería el que tuviera el coraje y decisión de abolir la corrupción en todos los niveles de los gobiernos municipales, estatales y en el mismo gobierno federal; que él sería el que incrementaría el establecimiento de industrias y compañías para que todos los ciudadanos en edad de laborar, tuvieran un trabajo; que él incrementaría y establecería la infraestructura de vivienda para todos, de caminos y carreteras para comunicar todos los territorios y lugares más apartados del país, sin importar que tan lejos o que tan pequeña fuera la ciudad o el pueblo; que él revitalizaría el sistema ferroviario, para que la gente pudiera viajar por tren rápidamente y a bajo costo; que él llevaría a la economía del país en el camino correcto; que él modernizaría, cambiaría, y organizaría la industria petrolera, eléctrica, de agua y drenaje; que el organizaría y mejoraría toda la enseñanza en el país en todos sus niveles, etc., etc., etc. Esas eran las cosas que todo mundo, ahora, y a todos los niveles, estaba hablando y discutiendo. Ellos veían al Sr. Juan Elizondo como el salvador del país y el hombre que iba a sacar a México del marasmo, pasividad, inactividad, y procrastinación; de evitar el evadir cuestiones importantes, el de no "tomar al toro por los cuernos", y el solucionar y establecer los cambios más importantes y necesarios, que en el pasado habían sido la agenda y promesa de todos los gobiernos anteriores, pero nunca llevados a cabo. La gente y los ciudadanos, todos ellos, sabían que ésta persona no tenía ningún compromiso con nadie, que él era su propio hombre, que todos sus trabajadores y administradores lo adoraban porque él era justo y honesto, y siempre los proveía con una palabra de aliento y esperanza y también les había otorgado ganancias, no solo de su trabajo, sino también de la producción de los bienes que beneficiaban a todos aquellos que estaban dispuestos a hacer lo que se requería de ellos. Ellos, por lo tanto, estaban muy orgullosos de sus logros también; no solo porque eran propios y de ellos mismos, sino porque a todos aquellos que se esforzaban para obtener un logro, eran exaltados y reconocidos por todos sus iguales y compañeros de trabajo y por sus jefes y administradores. La gente estaba orgullosa; algo que nunca anteriormente habían sentido o tenido en toda su vida; y todo esto, se lo debían al Sr. Juan Elizondo. El hombre, en lugar de amasar tremendas ganancias y fortuna que sus compañías, empresas y negocios estaban produciendo, él distribuía esas ganancias con la gente que trabajaba en ellas. La gente nunca se quejaba, porque la distribución siempre era justa para todos ellos y puesto que nunca esperaban algo como esto, estaban felices porque además de que les pagaban salarios justos, estaban obteniendo entradas extra por la distribución de las ganancias de las compañías, negocios, y empresas donde ellos laboraban.

CAPITULO TREINTA Y UNO –
Complot de asesinato.

Como las elecciones estaban llegando a un punto crítico, había rumores de fuentes muy fidedignas, que radicales de: todos los partidos políticos que habían gobernado el país; de todos los sindicatos y organizaciones que siempre estuvieron en la orilla o fuera de la ley; de los izquierdistas incrustados en todos los niveles de gobierno, compañías, organizaciones privadas, y en la sociedad; y de todos aquellos que se oponían al progreso económico y al éxito del país, así como el de su gente y ciudadanos en general, empezaron a unirse y formar una organización opositora para tratar de bloquear y descarrilar la nominación y postulación del Sr. Juan Elizondo para la Presidencia de México. Los más radicales de ese grupo estaban a favor de matar al Sr. Elizondo y a todos sus más cercanos colaboradores. El rumor era tan intenso, que los que se veían involucrados en él, ni siquiera se protegían con una capa de misterio o secrecía. Eran muy abiertos y muy orgullosos de ser tomados como fanáticos que se oponían a cualquier cosa que tenía que ver con programas para abolir la corrupción, o las malas políticas y/o malos políticos. Ellos querían que las cosas se quedaran como estaban, para no poner en riesgo el estatus y modus vivendi de su miserable e improductiva, pero muy provechosa y corrupta, vida que llevaban. Ellos estaban muy contentos y felices tal y como las cosas estaban anteriormente y no querían que algún cambio tuviera el efecto contrario. Esta gente estaba formado por un grupo de cuatro intelectuales que eran los líderes principales y a los cuales se les habían dado el trabajo de contratar un asesino en alguna parte de Europa para que mataran al nominado independiente y todos sus más cercanos trabajadores del comité y los que respaldaban su campaña. Teto había puesto una especial atención a toda la información que estaba pasando por los corrillos gubernamentales, porque él pensó que no era una amenaza en vano, que era muy real, y que si se dejaba que progresara y llevara a cabo sus objetivos o metas, la gente involucrada sería responsable de eliminar cualquier posibilidad para los planes que él y Juan habían orquestado para sacar a México del lugar tan profundo en el cual se había sumido con todos los gobiernos anteriores que habían manejado su destino en el pasado. Así es que otra vez, Teto se embarcó en la ardua tarea de encontrar a todos los miembros más relevantes e instigadores de esa revolución muy particular que tenía planes para asesinar al único hombre que pudiera traer paz y prosperidad al ya tan devastado y emproblemado país en el que México había sido convertido con todas sus administraciones y gobiernos anteriores. Tenían que ser detenidos, y detenidos en seco. Detenidos en la forma más efectiva y eficiente que él pudiera llevar a cabo. A esta gente le importaba un bledo lo que otras gentes pensaran de ellos; solo querían hacer lo que bien les diera en gana, y por lo tanto, enajenando a muchos de los, ahora, involucrados ciudadanos y la gente que quería y deseaba una real y verdadera democracia para el país. Por esta razón, Teto, decidió que él tenía que matar a toda esa gente en plena vista y abiertamente, para que los otros que compartían la misma línea de pensamiento pudieran recibir el mensaje de lo que les pasaría si no desistían de continuar con sus erróneos planes y los quisieran seguir llevando a cabo, sin importar el mal que pudieran causar o que daño colateral por el cual serían responsables, de permitir lo que tramaban y/o lo que sucediera. Pero esta gente mala también eran sagaces e inteligentes y no "la brincan sin huarache", protegiéndose muy bien con sus compinches y seguidores. Iba a ser muy difícil para Teto el llevar a cabo su operación quirúrgica de borrar toda esa gente de la faz de la tierra.

Teto se disfrazó como el más radical instigador en contra de cualquier tipo de reforma, para poder tener entrada a las filas de la organización radical que quería abolir y obliterar. Uno de los miembros de la organización tenía una casa de rancho, con todas las comodidades de los ranchos ricos y suntuosos, muy dentro de la jungla y huasteca Potosina en el centro del país. A ese lugar invitó a la "crema y nata" de los miembros de la organización radical para celebrar una reunión muy secreta que tenía como propósito y objetivo establecer los planes finales para asesinar al Candidato Independiente para la Presidencia del país y a todos sus más allegados colaboradores, consejeros, y gente que más lo respaldaba. Estaban pensando matar unas dos docenas de gentes aproximadamente. Ellos componían un grupo de solo catorce personas y a Teto lo invitaron a participar en los planes finales, puesto que en sus pláticas con los miembros de los altos puestos, les había comunicado, expresado, y demostrado la experiencia que él tenía con armas usadas con el propósito de matar gente. Lo había hecho para que los que ocupaban los más altos puestos en la organización le dieran acceso a sus planes y al proyecto de matar a Juan Elizondo y su grupo. El había logrado hacer todo eso y había logrado el respeto y respaldo de los organizadores de la cúpula de la organización y el movimiento, debido al conocimiento que había desplegado frente a ellos de las armas, municiones, y estrategias para matar gente. Les dijo que había recibido entrenamiento muy especial en el arte de matar por parte de un oficial Ruso y un miliciano Checheno, que eran separatistas y desertores del gobierno de sus países. Esto, Teto sabía que no sería checado por nadie para comprobar su veracidad; el hecho era, que él realmente sabía el negocio y arte de matar y los tenía perplejos y convencidos de todo lo que les decía y demostraba.

Así es que la hora llegó, y todos ellos se fueron a la casa de rancho en el Estado de San Luís Potosí para hacer los planes y arreglos finales. Debido a circunstancias especiales y problemas personales con su familia más cercana, el hombre clave y máximo líder de la organización, no pudo asistir a la junta final; pero estaba muy en contacto y de cerca, por medio de un teléfono satelital y de una computadora que enviaba correos electrónicos encriptados. Teto estaba muy decepcionado de que este sujeto no pudiera asistir, porque tenía planeado matar a todos los catorce miembros principales de la organización en ese mismo lugar y casa de rancho. Para lograr lo que se había propuesto traía su veneno especial adquirido en Vietnam y que iba a utilizar después descubrir, dilucidar, y obtener todos los planes que esta gente tenía como proyecto de matar al candidato independiente para la presidencia y a su comitiva. Participó en todas las juntas y en todos los planes que le fueron comunicados a Sergio Vázquez, el hombre fuerte y clave de la organización, por medio de los correos electrónicos encriptados y seguido por la comunicación y llamada con el teléfono satelital. De esa manera no podía haber una discrepancia o malentendido sobre la decisión y planes finales para el asesinato. Una vez que los planes fueron comunicados a Sergio Vázquez, y que la noche final de jolgorio de bebida y comida era celebrada, Teto se puso en acción y les dijo que iba a preparar una bebida muy especial que era muy buna y muy sabrosa, que te emborrachaba, pero no sentirías la ruina y dolores corporales de la cruda del día posterior. Se separó del grupo y preparó la bebida especial y les dijo que deberían brindar y tomársela por el éxito y logro de los planes. La bebida estaba deliciosa, así es que, brindaron por el éxito de su misión, y dado que les gustó tanto, se volvieron a servir y aun, pidieron más a Teto. Nadie notó que él no bebía del mismo jarrón que había preparado, ya que él se preparó un vaso alto y grande de la misma bebida, pero con nada de veneno adicionado. El vaso era tan grande que no se lo terminaría, y era para que le gente no le dijera que se sirviera más. El les dijo que como le gustaba mucho la bebido, el se había preparado un vaso lo bastante grande para que no se le terminara rápido. Nadie le prestó atención a sus comentarios, ya que estaban muy contentos celebrando el éxito que iban a tener con el logro de su proyecto. En el curso de una medio hora, los cuerpos empezaron a caerse, uno después del otro y algunos juntos, hasta que los trece estaban total y completamente muertos. Teto tuvo que hacer el repulsivo trabajo de cortar todos los cuerpos en pedacitos, cortando las extremidades de los cuerpos y llevándoselos a una pira funeraria unos arriba de los otros, a la cual le vertió suficiente gasolina y petróleo para asegurarse que se quemaran total y lo suficientemente para que nadie pudiera identificarlos ni distinguir unos de otros. Tuvo la precaución de llevarse un par de cabezas a un lugar bastante lejano para enterrarlas y disponer de ellas para también evitar sospechas e identificaciones posteriores. Puesto que iba disfrazado, se quitó el disfraz y se lo cambió por otro, para hacer con seguridad el viaje de regreso a Ciudad de México. Sergio Vázquez jamás volvió a saber sobre sus trece amigos que se habían reunido en su casa de rancho en la jungla huasteca del Estado de San Luís Potosí. Pero dado que ya tenía todos los planes que le habían enviado por correos electrónicos y confirmados telefónicamente y como él no se amilanó ni se asustó fácilmente, decidió continuar con el plan que la organización había planeado llevar a cabo. Por lo tanto, contactó al asesino y le proporcionó los particulares del plan que debía de llevarse a cabo en una semana. Lo que no sabía era que Teto también estaba consciente y conocía todos los planes en detalle tal y como él, y estaba listo para detener no solo al asesino, sino también a Sergio Vázquez.

Teto ya había oído y conocía al asesino contratado para llevar a cabo los asesinatos. El era un hombre Francés, especializado en matar altos oficiales y/o gente en altos puestos de gobierno. El era un individuo muy cuidadoso que no tomaba riesgos en los trabajos que desempeñaba. Le habían pagado un cuarto de millón de dólares Americanos para realizar el trabajo ahora asignado. El siempre llegaba cuando menos con una semana de anticipación al tiempo cuando su trabajo debía realizarse para familiarizarse con la persona a la que iba a matar y tener el suficiente tiempo para planear la acción que tomaría para hacerlo. Rentó un pequeño cuartito en un hotelucho en las orillas de la Ciudad de México. Y cometió su único y craso error de asumir que nadie tenía conocimiento de los planes y de que le habían pagado a él para asesinar al candidato independiente para la presidencia del país. Por lo tanto, entraba y salía, "como Pedro por su casa", sin preocupación de que algo malo le pudiera suceder. El error más grande que cometió fue que dejó abierta de par en par la ventana de su habitación para que el aire fresco entrara al cuarto. Teto se colocó con su rifle especial y poderoso como a un kilómetro de distancia del hotel en donde el asesino se había hospedado. El estaba en uno de los edificios más altos con una vista clara y sin obstáculos hacia el cuarto donde se hospedaba el asesino contratado. El rifle tenía un silenciador especial que solo hacía un sonido minúsculo cuando era disparado y la bala salía del cañón del rifle buscando su presa. Colocó una mesa con un aparato tipié que sostenía su rifle para que no se moviera cuando estuviera listo para disparar. Debe de haber esperado por lo menos media hora, cuando con sus binoculares vio que el asesino había entrado al cuarto. Siendo muy meticuloso, tomó una bala que había preparado para la ocasión y la puso en la recamara del rifle. El asesino, sin tener una noción de lo que sucedía a unos mil metros de distancia, se posó en la ventana y aspiró el aire fresco de la tarde y se paró a admirar el paisaje. Nunca supo que fue lo que le pegó y atravesó de lado a lado su cuerpo y su corazón, ni siquiera tuvo tiempo para sentirse sorprendido, solo se fue deslizando poco a poco al piso total y completamente muerto para el mundo. Teto, ahora, pensó que era tiempo de eliminar al señor Sergio Vázquez para terminar con el último obstáculo que pudiera tener la oportunidad de reorganizarse y empezar algo que pudiera, ahora o en el futuro, complicar la existencia y el futuro mandato de Juan Elizondo como Presidente de México.

Debido a un inusual hecho del destino, Sergio Vázquez se enteró de la muerte del asesino que él había contratado para matar a Juan Elizondo; por lo tanto, como dice el refrán, "El miedo no anda en burro" pensó él, y mejor desaparezco antes de que a mí también me maten; ya habrá tiempo suficiente en el futuro para organizar y hacer lo que ya se había planeado. Por lo que, Sergio Vázquez se escondió, para no ser localizado.

Sergio tenía una mujer amante, aunque "bateaba por ambos lados", como dice el dicho. Le gustaban las mujeres tano o igualmente que los hombres. Uno de sus amantes hombre estaba mucho muy enojado con él, porque cuando se había escondido, se fue a acostar con una mujerzuela y como ustedes sabrán, los crímenes pasionales entre individuos del mismo sexo son tremendos y horripilantes. El resentimiento que este individuo en particular tenía hacia lo que Sergio había hecho y seguía haciendo, era muy profundo y demandaba una venganza, debido al hecho de que Sergio había sido su amante por la mayoría de los últimos seis meses y cuando llegó el tiempo de esconderse, en lugar de venir con él, se había ido con esa horrible mujerzuela a acostarse con ella.

Mientras tanto, Teto estaba haciendo todo lo posible para encontrar dónde pudiera estar ubicado el escondite de Sergio Vázquez. Frecuentó los lugres a los que Sergio iba, pero no halló ninguna respuesta o pista de su escondite. Disfrazado, como siempre, siguió buscando tratando de obtener información con todos sus camaradas, hombres y mujeres, sin lograr obtener una pista. No había señales de él y pareciera que se lo había tragado la tierra. De repente uno de esos días que paseaba por los alrededores del bajo mundo de la Ciudad de México, buscando información y pistas de Sergio, fijó su atención en un puesto de revistas y periódicos que tenía revistas amarillistas con crímenes de sexo y vio la cara que inmediatamente reconoció y también la cara de una mujer. Los dos habían sido apuñalados por más de un total de aproximadamente setenta ocasiones. La revista decía que el asesino no había sido encontrado todavía, pero que estaban muy cerca de sus pasos con las pesquisas que hasta ese momento habían realizado y que ese crimen pasional sería solucionado muy pronto, según decía la policía en su comunicado. Esa fue la forma en que Sergio Vázquez, el hombre fuerte de la organización más radical de México que estaba organizando un plan para asesinar el candidato presidencial independiente, terminó sus días en la tierra: muerto por un celoso amante homosexual. Teto se sintió muy aliviado, que la principal amenaza, a los planes que Juan y él habían decidido llevar a cabo desde ese primer encuentro que tuvieron en el apartamiento de Polanco, había desaparecido, muerto por un amante celoso. Ahora, la elección y la participación de Juan en ella, estaba segura de cualquier amenaza que pudiera identificarse.

La elección fue ganada por el Sr. Juan Elizondo por el mayor margen de votos y con la más grande participación de votantes en la historia de México. El margen fue 95% vs. el más cercano competidor y con una participación ciudadana de votantes registrados del 93%.

De esa forma, el Sr. Juan Elizondo tomará su investidura como presidente constitucional del país en primer domingo de Diciembre del año en curso, y empezará a trabajar en el camino de éxito y progreso para México. Será su deber, colocar la gente correcta y honesta en los lugares y puestos gubernamentales claves, para que puedan desempeñar sus deberes de acuerdo a sus mejores habilidades, siempre viendo y tratando de lograr el progreso de México, y principalmente, el de todos sus ciudadanos.

Fin

El autor ha vivido y experimentado en carne propia los problemas y tribulaciones que ha causado al país y a sus ciudadanos la llamada "Familia Revolucionaria". Lo ha logrado con su rapacidad de poder, su ineficiencia e inactividad política efectiva y eficiente, sus corrupciones y componendas, sus beneficios personales y partidarios, y todas aquellas acciones retrogradas que tienen a México sumergido en la pobreza, en la ignorancia, y en el sub-desarrollo, en todos aspectos.

Trata de presentar una forma novelesca y utópica de resolver la situación actual del país con acciones, planes y estrategias, que aunque algunas están fuera de la ley, sería una de las únicas formas de dar un giro de 180 grados a México y sus habitantes con la menor pérdida de vidas y daños colaterales, propiciando la unión ciudadana como eje para revolucionar al gobierno, a los políticos, y a todos los ciudadanos en general.

Es un esfuerzo del autor en presentar con su novela algo que utópicamente se pudiera llevar a cabo en el ámbito nacional para llevar al país a un lugar que con un cambio totalmente radical lo coloque dentro de los primeros países del mundo.